차마 봄이 아니거니와

차마 봄이 아니거니와

김인정

orror

Spring
But Not Spring

제1부 차마 봄이 아니거니와

春來不似春

〔 제1편 〕

요요작작 夭夭灼灼

― 모월 모일, 사람들이 떠들기를 화경 선생이 조
아무개에게 종이 아흔아홉 장을 얻었다고 했다.

나루터 지나 어디 매골마을에 화경(華景) 선생이라
는 도사가 살았다. 더러는 천추산(千秋山)에 학과 함께
깃들었다가, 더러는 만춘강(晩春江) 일만 겹 물결에 실
린 편주(片舟)에서 홀로 노랫소리 청아하거늘 그 신묘
함 덕분에 제법 이름이 회자되었다. 신출귀몰하기가
백중 무렵 맨 하늘에 벽력 치듯 하니 어떤 식자는 재
미있어하고 어떤 식자는 비천하다 여겨 감히 사귀려
들지 않았으나, 무릇 도사란 세간의 명예를 티끌처럼

아는 법인지라 그는 내내 표표하였다.

어느 밤, 이따금 화경 선생을 모셔 붓이며 먹이며 선물해주던 장사치가 한량 하나를 안내해 선생 앞에 나섰다. 한량은 서울에서도 손꼽히는 가문의 자제였으며 옥을 깎아 만든 듯한 미남이었다. 선생은 술잔을 기울이다가 한량을 맞아 물었다.

"보아하니 세상에 부족한 것 없는 분인데 어찌 저를 찾소이까?"

"선생께 간곡한 청이 있어 뵙고자 하였습니다."

"들어나봅시다."

한량은 성이 조(曹) 씨였다. 그는 일생 발밑을 호령하며 살아온 사람다운 여유로 편안하게 기대앉아, 선생과 나란히 잔을 기울였다.

"소생이 여인을 하나 만나 서로 좋아지냈기로 어제가 오늘 같고 내일이 극락 같았습니다."

"그러하시온데?"

"그 여인이 글쎄 참 요요작작(夭夭灼灼) 복숭아꽃 같고 해당화 같고 아주 잘생겼는데 노래까지 그만이라 선녀인가 여우인가 하였습니다. 소생이 학우들과 내길 걸었을 정도였지요."

"학우들이라. 하, 그거참 풍류 대단하십니다. 하여서?"

"하여서."

"요요작작한 미인과 그린 듯이 복을 누리시느니 무어 부족하시어서?"

"글쎄, 더하고 뺄 것이 없이 좋았습니다. 요요작작한 미인이라 쭉 잠자리에 든 듯이 그리할 줄 알았습니다. 사는 게 말입니다. 시를 짓고 읊는 순간이 계속되는 것이나 마찬가지였사온데, 잠을 자고 일어나고 그 사이에 꽃도 피고 지고…… 그리하여서."

"꽃도 피고 지고. 꽃이란 본디 필 때가 있으면 질 때가 있습니다."

조생이 입맛을 다셨다.

"그렇습니다. 꽃이란 게 매양 곱지가 않습니다. 붉다가도 검고 검다가도 희지요. 제가 좋아지낸 그 요요작작한 여인도 봄 가듯이 그만 불귀의 객이 되고 마니, 몹시 참담합니다."

온갖 기름진 음식에 향기로운 술이 가득한 상이 새로 나왔다. 화경 선생은 학과 난과 은자(隱者)를 그린 병풍 앞에 유쾌한 듯 기대앉았다. 조생은 화경을 보고는 내심으로 도사라더니 저와 어울리는 무리와 다르지 않은 그 범상한 자태에 실망하여, 미리 마련해놓은 그 잘 차린 술상을 벌써부터 후회하던 차였다.

"하여, 선비께서 무얼 바라시오?"

"어찌 좀 하여 주십사."

"죽어버린 여인을 뭘 어찌한단 말입니까? 하마 무덤에 묻힌 여인네를 도로 끄집어내 올까요?"

"그, 그러실 수 있습니까?"

조생은 무릎걸음으로 다가앉았다. 화경은 잔에 술을 넘치도록 따랐다.

"아니 될 거야 무어 있겠습니까만, 선비께서 과연 흡족하실지."

"흡족하고 말고요! 그러나 이승과 저승의 법도가 다른데 그게 그리 쉬운 일이겠습니까? 소생이 듣기로는 세간에 도사들이란 대개가 허랑방탕하여, 모래알로 복숭아를 흉내 내고 술잔의 한 모금 술로 아홉 바다를 빗대니 무얼 얻어도 그저 한바탕 꿈이라 합디다. 화경 선생께서는 그런 무리와는 다르시다며 윤 생원이 하도 칭찬을 해댔으니 소생도 그에 덜컥……."

"사람 사는 것이 무엇인들 한바탕 꿈 아니겠습니까? 그저 좀 더 긴 꿈인가, 불어 꺼지는 촛불 같은 꿈인가, 그러한 차이 아닌가 합니다."

"말장난을 마시고 툭 터놓고 말씀해주십시오. 선생, 정말 죽은 여인을 다시 살려주시는 겁니까?"

"후회하실 거외다."

"천부당만부당한 말씀입니다."

조생은 허리춤에서 주머니를 끌러 상 위에 얹었다. 척 보기에도 묵직한 것이 자랑스러웠던 듯, 조생은 화경이 어서 제 주머니의 무게며 내용물을 재보길 바랐다. 그러나 그의 기대에 찬 시선에도 불구하고 화경은 잔을 비울 뿐 영 움직일 기색이 없었다. 조생은 다시 한 번 주머니를 화경 쪽으로 밀어놓았다.

"화경 선생, 해주시는 겁니다?"

"도사에겐 금전이 필요하지 않습니다."

"그러면 무엇을 드리리까?"

"목숨."

"목숨? 이보시오, 화경 선생! 그런 당치 않은 말씀을!"

"선비님 목숨이 아니어도 됩니다. 다만 목숨이면 족하지요. 돌아가서 오는 그믐날 밤에 그 아씨의 무덤가로 대신 묻힐 목숨 하나를 가져오십시오."

"어찌 소생에게 살생을 권하십니까?"

"죽지 않습니다. 다만 자리에 묻힐 따름이지요. 저를 믿으십시오."

말을 마친 화경은 허리춤에서 부채를 꺼내 쥐고 한 번 펼치더니 다시 접히기도 전에 자리에서 사라졌다.

조생은 두리번거리다가 은근한 불빛 너머 병풍으로 눈을 돌렸다. 화경은 웃으며 학을 타고는 병풍 속을 가로질러 먼 청산으로 돌아가는 참이었다.

'진짜 도사로구나!'

겨우 믿음이 선 조생은 벌떡 일어나 집으로 돌아갔다. 죽지 않는다 했다. 그 말이 조생의 마음에 얹힌 꺼림직한 기분을 조금 걷어주었다.

'돌아가는 길에 처음 마주치는 사람을 데려가는 거다.'

그는 잔뜩 마신 술에 발이 꼬여가며 종을 부려 등불을 들게 하고는 호사스럽게 귀가하였다. 과연 고래등같이 기와를 얹어 왕손도 부럽지 않을 만큼 그럴싸한 저택으로 돌아갔을 때는 이미 새벽녘이라 동쪽 하늘이 수선스러울 즈음이었다. 눈 밝은 아랫것들은 벌써부터 물을 뜬다 마당을 쓴다 아침상을 차릴 채비를 한다 난리였는데 일이 하필 잘못되려고 그랬는지 무슨 나쁜 운수가 꼬였는지, 조생은 막냇동생과 딱 마주치고 말았다.

그의 잘난 부친이 젊은 첩에서 본 세 살 된 계집아이였다.

조생은 눈이 까만 어린애와 시선이 얽히자 그만 일생 마신 술이 한꺼번에 깨는 듯 해, 자리에 풀썩 주저앉았다.

"도련님, 왜 그러세요?"

어린 계집애를 얼른 안아 올린 것은 보모 노릇을 맡은 하녀였다. 헝클어진 머리 아래 세 살배기와 비슷한 검은 눈이 두려운 빛을 띠고 조생을 향했다. 조생은 열서너 살 겨우 됐음 직한 하녀를 올려다보며 물었다.

"너 이름이 뭐더냐?"

"네? 쇤네 말씀이십니까요? 쇤네는 사…….."

"아니다, 되었다. 내 알아 뭣 하겠느냐."

"네에……."

잘못한 것도 없으면서 어깨를 한껏 웅크린 하녀 앞에서 조생은 몸을 일으키곤 가만 돌아섰다. 하녀는 허리를 깊이 숙였다. 조생은 짐짓 두어 발짝 뗐다가 냉큼 몸을 돌려 하녀에게 은근히 노리개 하나를 쥐여주고, 씩 웃었다.

"너 언제 잠깐 나를 보자꾸나."

"네, 네에? 쇤네…… 를요?"

"그래. 아무에게도 말하면 아니 된다. 알았느냐? 너 혼자 몰래 나와야 하는 게야."

"네…… 네에."

조생은 제 방으로 들어가 늘어지게 잤다. 그는 확인해보지 않고도 하녀가 새빨갛게 귓전을 물들이곤 온

종일 노리개를 만지작대느라 정신이 빠져 있을 것을 훤히 알았다.

일은 쉬웠다.

사실 하늘 같은 도련님이고 보면 수많은 비복 중에 누굴 골라도 매한가지, 익은 감을 베어 무는 것만큼 쉽기만 한 일이었을 터였다. 조생은 역시 제가 괜한 고민을 했구나 싶어 팔베개를 베고 빈둥거렸다. 천장에 아물거리는 요요작작한 그 여인을 다시 볼 날도 머지않았다. 시간은 살처럼 흐르고 그믐은 닥쳤다.

조생은 하녀를 불러 무덤으로 향했다.

하녀는 으슥한 숲길을 걷는 것에 겁을 집어먹고 눈물까지 글썽거렸지만 조생이 재촉하자 발길을 옮기는 수밖에 없었다.

"늦으셨군요. 날이 밝기 전에 해치워야 합니다."

"해치우다니요?"

"원, 모르는 척 마십시오."

화경 선생은 흰옷을 입은 세 아이와 검은 옷을 입은 네 아이를 대동하고 무덤가에 서 있었다. 아이들은 말간 것이 밤톨처럼 고운 이목구비를 가지고 있었지만 누구 하나 산 인간처럼 보이지 않았다. 조생은 슬슬 두려워져 뒤로 물러났다. 하녀가 벌벌 떨면서도 조생 곁에 바짝 붙어 섰다.

"도련님, 이 무슨 일입니까? 왜 이런 곳에 데리고 오셨어요?"

"상전이 하는 일에 참견하지 말고 가만있거라."

"그렇지만……."

화경 선생이 부채를 활짝 펼치고 무덤 위로 올라섰다.

"하실 게요, 아니 하실 게요? 선비님. 좌우간에 결정을 내리셔야지요."

"하, 할 거요! 하고말고!"

"목숨 하나를 건지려면 다른 목숨 하나를 저울에 올려드려야 저쪽 분들도 깜박 속지 않겠습니까? 자, 어서."

선생이 부채를 아래로 향했다. 조생은 어느 틈엔가 활짝 열린 지면을 발견하고 소스라쳤다. 무덤 앞이 네모반듯하니 문 모양으로 뚫려 안이 들여다보였다. 불그스름한 빛이 새어 나오는 그 안쪽이 몹시 궁금했지만 조생은 두려움이 앞서 감히 들여다볼 수가 없었다.

"어서."

선생이 재촉했다. 조생은 하녀의 등을 떠다밀었다.

하녀는 비명을 지르며 조생에게 엉겨 붙었지만 조생은 그녀의 얼굴을 외면했다.

"죽는 게 아니다, 죽는 게 아니야. 잠깐 자리를 바꾸는 것이야. 아무렴!"

"도련님!"

붉은빛이 하녀를 삼켰다. 허연 연기가 물씬 뿜어져 나오고 그 사이에서 아른아른 젊고 아름다운 여자가 너울거렸다. 선생은 연기 속의 여자를 향해 손을 뻗었다.

"옥월!"

여자는 하얀 무명옷 차림으로 걸어 나와 조생 앞에 섰다. 파랗게 질린 얼굴에 퀭한 두 눈이 조생을 똑바로 쳐다보았다.

"정랑, 내가 왔어요. 저 세상은 춥고 어두워 정랑이 그리웠답니다."

찬 흙 아래에서 부르는 듯한 목소리였다. 조생은 썩은 내가 풍기는 여자의 몸을 차마 안지 못했다.

"요요작작 도화도 한 시절이요 삼월난풍에 설중매도 그만 지거늘 폐월수화(閉月羞花) 아리따운 홍안은 어떠할까요? 흙과 재 사이에서 꺼내도 흔들어 털어내면 새것 같겠습니까?"

화경 선생은 키득키득 웃으며 일곱 동자를 데리고 훌쩍 사라졌다. 조생은 정랑, 정랑, 생전과 똑같이 간드러진 어조로 말을 붙이는 여자를 도저히 마주할 수가 없었다. 썩어 찢어진 윗입술 아래 치아가 너덜거렸다. 바람 새는 소리가 들렸다. 정랑, 정랑, 검은 혀가 검은 뱀 같았다. 한 번 웃으면 백 가지 애교가 넘치던 얼굴이 천 가지 악몽과도 같았다.

그는 살아도 산 것 같지 않았다.

죽을 수도 없었다.

저승에서 돌아온 여자는 누구의 눈에도 띄면 안 되었건만 새벽부터 다음 새벽까지 내내 그의 이름을 외쳐 부르며 나타났고 눈을 뜬 채로 잠을 잤다. 썩은 냄새가 도성 안에 진동했다. 조생은 수구문으로 실려 가는 시체들 틈에 사는 듯 고통스러웠다. 그는 땀을 뻘뻘 흘리며 잠이 들었다가 붉은빛 저편으로 꺼져가던 하녀의 목소리가 떠올라 깨어 앉곤 했다.

"상제 앞에 호소하여 네 놈을 말대가리 소대가리 옥졸들 앞에 던져주고야 말겠다."

하녀는 원망이 덕지덕지 붙은 눈으로 그를 말끄러미 바라보다가 악담을 던지고는 사라졌다. 조생은 괴로워 삐쩍 말라붙었다.

그러니 조생이 돈다발을 싸 짊어지고 다시 상단의 행수 윤 씨를 찾아가 선생을 불러달라고 읍소하는 데는 긴 시간이 필요하지 않았다. 윤 씨는 곤란한 소리를 늘어놓다가 돈꿰미가 보자기 너머로 불룩해질 무렵엔 사근사근 웃으며 무슨 수를 써보겠노라 호언하였다. 학을 타고 봉래산으로 갔다 하면 봉래까지라도 다녀오겠다는 것이다. 조생은 기다렸고 윤 씨는 보름이 되지 않아 전갈을 주었다. 조생은 꽁지에 불이 붙은 양 화경 선생 앞으로 달려가 고꾸라졌다.

"소생을 좀 살려주십시오!"

선생은 내내 모르는 척 왼고개를 쳤다.

"한번 꺼낸 걸 어찌 또 바꿔달라십니까?"

"죽은 계집과는 다시 못 삽니다. 떨어진 꽃은 주워 가지에 돌린다고 피는 것이 아님을 이제야 알겠습니다."

"요요작작 도화꽃 같은 여인이라시더니."

"비바람에 떨어졌으니 어찌 그게 꽃이겠습니까?"

"저승의 저울은 정밀하니 당신의 그 인생을 계속 대신 살 사람을 하나 꺼내놓고 당신이 영 다른 사람 인생을 사는 방법도 있습니다."

"소생이 다른 누가 된단 말씀이십니까?"

20

"가진 걸 놓기 어려우시다면야 선비님 인생을 그림으로 그려 씻어내는 것이 좋겠습니다. 비단 일백 필에 꿀 일백 동이를 마련해주십시오. 질 좋은 소홍주도 일백 동이는 필요합니다."

꿀로 비단에 그림을 그려 술로 씻어내면 모든 것이 원래대로 돌아갈 것이란 말에 조생은 재산을 허물어 팔고는 널리 물건을 구했다. 어지간한 세도가라도 쉽게 손에 넣을 만한 양이 아니었던지라 조생은 노발대발하는 아버지를 달래느라 이마를 땅에 댄 채 거진반 기어 다녀야 했다.

화경 선생은 조생이 천신만고 끝에 마련해 온 비단에 꿀을 바르고는 술단지 속으로 한 장 한 장 흘려보냈다. 마지막 술단지 앞에서 화경 선생은 그를 불렀다.

"이 안을 보십시오."

조생은 반쯤 죽은 사람 몰골로 비척비척 걸어와 선생이 가리킨 방향을 내려다보았다. 둥그런 술단지 안에 가득 담긴 좋은 술 속으로 하얀 비단이 너울너울 녹아 사라졌다. 술 속에서 황금빛 꿀이 흐릿한 글자로 변했다.

"자, 고개를 드시지요."

조생은 고개를 번쩍 들었다.

아침이었다.

그는 혼자였고, 화경 선생은 처음부터 존재하지도 않았던 사람처럼 자취가 없었다. 조생은 말라붙은 입술을 떨며 화경 선생을 외쳐 불렀다. 대답은 돌아오지 않았다. 훤하게 동은 텄고 아무렇게나 우거진 풀밭에 드러누운 하녀 계집애는 곤히 잠들었고, 그리고 조생은 술단지를 끌어안은 채 무덤에 기대어 앉아 있을 뿐이었다. 허둥지둥 일어서던 조생은 무덤 아래에서 비죽 튀어나온 무엇인가에 걸려 호되게 넘어졌다. 단지는 깨지고 술은 흘러 무덤 주위를 적셨다.

시뻘건 흙 틈에서 튀어나온 인간의 팔은 그의 눈에 한 번 움직이는 것처럼 보였다.

그는 뒤도 돌아보지 않고 산을 내려와 다시는 도사에 관한 일을 입에 올리지 않았다.

〔 제2편 〕

백아 白兒

― 모월 모일. 사람들은 화경 선생이 용의 갈기로
된 붓을 아홉 자루 얻었다고 떠들었다.

모월 모일, 만호(萬戶) 벼슬을 살던 이가 관직을 물
리고 낙향하던 길에 풍문을 전해 듣고 도사 화경 선생
을 찾아왔다. 그때 소선국은 왕이 덕을 잃고 백관이
방만하니 동쪽 끝에서 서쪽 끝까지 만백성들이 두루
어려웠는데, 두 자루 칼을 잘 흔들 뿐 적을 치는 재주
는 하나도 없는 자들을 줄줄이 끌어다 높은 자리에
앉히니 제대로 서임하였던 이들이 오히려 자리를 뺏기
는 판이었다.

지방을 떠돌며 허울뿐인 만호 벼슬이나마 살던 이, 그러니까 주경수(朱景樹)라는 이름의 그 불운한 사내는 소싯적 임지에서 잠깐 어울리던 한량들에게 도사 화경에 대해 주워듣고는 내친김에 선생을 찾아왔다고 했다. 그때 선생은 마침 소선국 청경호(淸鏡湖) 인근에 초막을 하나 지어놓고 노닐던 참이었는데 오래 교유하던 벗들도 모를 곳을 생면부지 사내가 단박에 찾아 든 것이니 이 또한 인연이라면 인연이라고 하겠다.

　"공직에 계신 나리께서 어찌 도사 나부랭이를 다 찾아오십니까?"

　선생은 주경수가 술도 고기도 없이 빈손으로 찾아와 어디까지나 저는 벼슬아치입네 하는 꼴이 별로 마음에 들지 않아 평소 같으면 불러 시중을 들게 했을 동자도 꺼내지 않았다. 결이 반드르한 것이 제 녹으로는 언감생심 꿈도 못 꿔본 비단으로 지은 보료며 붉은 칠을 한 서안 따위를 못마땅하게 둘러보던 주경수는 반사적으로 답했다.

　"비위(備位)는 다름이 아니라……."

　"이미 체임되셨으니 비위라고 이를 것도 없지 않은가요?"

　"뭣이!"

허리에 찬 낡은 검으로 손을 가져간 주경수가 범 같은 눈을 부릅떴다. 화경 선생은 어이쿠, 소리를 내며 장난스럽게 얼굴을 가리고는 그의 곁을 얼른 가리켰다.

"제가 아니라 나리 곁의 그 아이가 한 말입니다."

주경수가 곁을 돌아보니 꽃 한 송이를 입에 문 아리따운 계집애가 방글방글 앉아 그의 허리띠를 잡아당기고 있지 않은가. 주경수는 놀랐다. 식솔을 데리고 부임할 형편이 못 되어 홀로 이리저리 떠돈 지도 여러 해. 아직 불혹이 못 된 그는 열 서넛 된 예쁜 계집애를 보곤 정신이 산란해 어쩔 줄 몰랐다.

"이름은 백아(白兒)랍니다."

계집애는 경수와 눈이 마주치니 배시시 웃었다. 경수는 제가 지금 어디에 있는지 왜 도사를 찾아왔는지도 모조리 잊고 계집애의 눈 속을 정신 없이 들여다보았다. 계집애는 천하일색으로 아직 어린데도 그 자태가 숨어 핀 겨울 동백 같기도 하고 치자꽃 같기도 하고 지저귀는 난새 같기도 했다. 경수는 침을 꿀꺽 삼켰다.

"나리. 그 아이가 마음에 드신다면 데려가셔도 좋습니다."

"차, 참말이오? 제가 이런 아이를 참말 데려가도 된단 말씀이시오?"

"되고 말고요. 마침 백아도 나리가 마음에 드는 모양이니."

화경은 싱글벙글 웃더니 허리춤에서 호리병 하나를 꺼내 경수에게 주었다.

"청경호 물을 한 호리병 떠두었습니다. 차후에라도 백아와 헤어지고 싶으시거든 다시 돌아와 이 호리병을 청경호에 던지시면 됩니다."

"헤어지긴 왜 헤어진단 말이오? 이렇게나 고운 아이를."

"정이란 닳고 마음은 흩어지게 마련입니다. 해는 뜨면 지고 기껍던 것은 이내 언짢아지지요. 오늘 승등(陞等)하였다가도 내일이면 한 개의 남은 복숭아를 핑계 삼아 멀리 내쫓는 것이 인간의 정(情)인즉슨, 한갓 어린 계집애를 향한 마음이야 가을 이슬이며 두견의 울음보다 하잘것없을 밖에요."

"그럴 일 추호도 없소이다. 나는 충(忠)에 살고 성(誠)에 죽는 선비요. 연군(戀君)을 아는 몸인데 어찌 작은 정(情)을 꺼뜨리겠소? 글쎄, 만호 벼슬을 얻어낼 적에도 내가 첫 등이었지. 내 여기서 말씀드리외다. 이 아이를 떼어내는 건 제 고기를 저미는 것이나 다를 바가 없다고 말이오. 백아는 이제 내 오른쪽 팔이고 왼

쪽 넓적다리요."

"그리 말씀해주시니 이 얼마나 마음 든든한지. 백아야, 너는 운이 좋구나. 좋은 분을 만났으니 너 앞으로 복을 누리며 잘 살아라."

백아는 호리병을 받아 든 경수의 어깨에 냉큼 기댔다. 옅은 숨소리에 섞여 어린 봄 버들개지 같은 간지러운 향기가 훅 풍겼다. 기름을 발라 양쪽으로 빗어 백옥 비녀와 황금꽃들로 장식해 늘어뜨린 긴 머리카락이 동그스름한 백아의 어깨를 지나쳐 경수의 무릎을 한 번 툭 건드리고는 방바닥으로 흐트러졌다.

"명심하십시오, 나리. 백아와 헤어지실 때는 꼭 청경호로 돌아오셔야 합니다. 돌아와서 그 호리병을 던지시는 겁니다. 약속하십시오."

"내 결코 이 아이와 헤어지지 않을 것이오."

주경수는 희희낙락하며 백아와 함께 돌아갔다. 청경호의 물소리가 더는 들리지 않을 만큼 멀어진 후에야 그는 비로소 자신이 벼슬을 떼고 낙향하는 길이라는 것과, 앞으로 먹고살 길이 막막해 도사를 찾았던 것임을 기억해냈다. 그는 허둥지둥 다시 도사를 만나려 했으나 도사란 으레 변덕스럽게 마련인지라 초막으로 가는 길조차 찾을 수가 없었다.

"나리, 나리, 그리 슬퍼하지 마세요. 백아가 곁에 있답니다."

경수는 저를 올려다보며 구슬 같은 눈 가득 온갖 아름다운 감정을 담아내는 백아를 껴안았다. 계집애는 자그만 몸을 파르르 떨면서도 경수의 품을 파고들었다. 토라진 듯 고개를 돌리는 뺨은 붉었고 그의 입술을 빨아들일 듯이 핥는 혀는 더 붉었다. 그는 백아의 상아 같은 이를 하나하나 헤아리듯 더듬고 긴 목과 그 아래 붙은 늘씬한 등줄기를 쓰다듬었다. 그는 백아의 다 자라지 않은 가슴에 수염을 문지르며 차디찬 흙에 요를 대신해 깔린 백아의 비단 옷가지를 움켜쥐었다.

"백아야 백아야 내 정녕 어찌하면 좋단 말이냐?"

한탄하자 백아는 더욱 힘주어 그를 끌어안았다.

"나리. 나리께서 백아를 사랑하시면 백아는 어찌하여도 좋아요."

흙투성이가 된 비단옷과 해어진 가죽신으로도 백아는 아름다웠다. 주경수는 백아를 데리고 꿈을 꾸듯 주선국을 가로질러 이내 제 고향 땅에 당도했다. 여러 해 전 그가 초직(初職)을 받아 나갈 적에 핏덩이였던 아이는 벌써 아홉 살을 목전에 두고 있었고, 수수하지만 머리채가 삼단 같던 아내 모용 씨는 반나마 백발이 된 채

쇠죽을 쑤고 있었다. 아내는 죽을 쑤다가 신이 벗겨지는 것도 모르고 달려 나와 지아비를 반겼다가 이내 낯이 어두워졌다.

"여보. 그 아이는 어느 댁 아인가요?"

"내 시동이외다. 도사에게 받아 고된 행로를 동반하였을 뿐이니 자네는 과히 심려치 마오."

"어찌 심려를 아니 합니까? 글쎄, 아직 젖내가 채 가시지도 않은 어린 기생을 끼고 돌아오시다니."

"어허 기생이라니. 월궁항아 같은 아이라니까."

"아이구, 항아라니! 항아님은 월궁으로 돌아나 가시지 이런 촌구석엔 어인 일로 납신단 말입니까? 이년 가슴 터져 죽으라고 이러십니까?"

주경수와 그의 아내는 근 십 년 만에 만나자마자 서로 토라지고 말았다. 주경수는 초췌한 몰골의 처가 마음에 거슬려 백아를 안고 보란 듯이 사랑채에 들었다. 모용 씨는 아들을 껴안고 마당에서 곡을 해댔다. 쇠죽을 쑤는 것도 세 끼 밥을 지어 시부모에게 올리는 것도 밭을 갈고 이웃집 일을 돌봐주는 것도 죄다 그만두고는 안방에 드러누웠다. 주경수의 늙은 부모가 달려와 그의 손과 발을 잡고는 '네 처에게 그래서는 안 된다'고 읍소하는 데는 오래 걸리지 않았다. 백아는 아무엇도 모른다는 양 천진한 표정으로 누가 울건 누가 화를 내건 그저 방실방실 처음 그대로 웃고 있었다.

"백아야 백아야 내 어찌하면 좋을까?"

"나리. 나리께서 백아를 사랑하시면 백아는 어찌하여도 좋아요."

백아의 유리알 같은 눈동자가 가만히 경수를 올려다보다 배시시 웃었다. 고른 치아가 석류알처럼 드러났다. 경수는 백아의 저고리 동정을 잡아당겼다. 풀린 고름 안쪽의 뽀얀 가슴은 분명 처음부터 한껏 부풀어 있었다.

"백아야 백아야 저 늙은 계집이 나를 괄시하니 내 몹시 괴롭구나."

"나리. 나리께서 백아를 사랑하시니 백아가 어찌하여도 좋으신가요?"

그는 고개를 들었다.

백아는 그의 입술을 깨물듯이 덮고는 뱀 같은 혀를 움직여 목소리를 흘려보냈다.

"나리께서 백아를 사랑하시니 백아가 나리의 아이를 낳아드릴 거예요."

모용 씨가 죽었다.

오래 몸져누운 며느리를 위해 시모가 흰죽을 쑤어 가져다주었는데 그 가엾은 여인이 죽 한 사발을 비우고는 찬물을 마셨다가 급체로 그만 죽어버렸다고 했다. 마을 사람들이 갑작스러운 횡액에 장례 준비를 하는 사이 백아는 아이를 가졌다. 사십구재를 지나기도 전에 백아의 배는 보름날 달덩이처럼 부풀어 올랐다.

모용 씨의 몸이 찬 흙 아래 묻힐 때 백아는 사랑채 문을 활짝 열어놓고는 반대 방향으로 앉아 있다가 제 둥글고 커다란 배를 쓰다듬으며 배시시 웃었다.

아득히 멀리 첨병산이 푸르스름한 안개를 두르고 섰고 그 너머 하늘이 유난히 붉었다.

"나리, 나리, 저것은 무엇인가요?"

백아는 탄성을 지르며 돌아보았지만, 주경수는 죽은 부인의 상여를 따라간 터라 자리에 없었다. 백아는 방싯, 저 혼자 웃고는 제 배를 주먹으로 한 대 쳤다.

열 달을 채워 백아는 주먹만 한 석류를 하나 낳았다. 그러고는 태연히 주경수를 불러 제가 낳은 석류를 토란 잎으로 감싸 북쪽 산에 묻어달라고 했다. 주경수는 그렇게 했고 매파 할멈의 입을 막기 위해 전답을 팔아 돈을 쥐여주었다. 그리고 그의 노부모가 나란히 세상을 떠났다. 그때마다 백아는 배가 불렀다가 꼬박 꼬박 붉은 것을 낳았다. 어떤 붉은 것에는 까마귀 깃털이 달려 있었고 다른 것에는 토끼털이 드문드문 붙어 있었다.

"앞으로 일곱을 더 낳을 거예요. 나리를 위해서요."

백아는 천진난만한 얼굴 가득 미소 지었다.

주경수는 비로소 백아가 두려워졌다. 달라붙듯 혀를 감아 삼키는 입놀림도, 점점 살이 올라 만질 적마다 감겨오는 허벅다리며 모양이 흐트러지지 않는 동그스름한 가슴도 오히려 지나친 아름다움 탓에 요염하였고 또한 요염함이 지나쳐 무서웠다.

그는 어린 계집애의 가슴 사이에서 헐떡거리다 숨이 끊어지듯이 잠들었다.

백아는 그의 희끄무레한 정수리를 쓰다듬었다.

"나리. 나리께서 백아를 사랑하시면 백아는 어찌하여도 좋아요."

그는 백아의 침을 먹고 백아의 머리카락을 입으며 가난하게 살았다. 하나뿐인 아들이 다 자라 청년이 되도록 백아의 배가 부르고 백아의 핏덩이가 여덟 방위의 흙에 묻히는데도 백아의 살을 벗어날 수 없었다. 그는 두려워할수록 사랑했고 사랑할수록 야위었다.

그와 모용 씨의 아들 신욱(信旭)이 약관이 되어 과

시를 보겠다 고하고 떠났을 때 주경수는 오랜만에 세상과 만난 듯한 기분에 사로잡혔다. 그는 아버지를 향한 분노와 혐오를 감추지 못하는 신욱의 그 젊고 싱싱한 얼굴을 마주 대하자 겨우 부끄러움이 무엇인지 기억해낸 듯이 얼굴을 붉혔다. 벌건 얼굴의 초라한 아버지를 등지고 신욱은 서울로 떠났고 계절은 가는 줄도 모르는데 새로 왔다. 들이닥친 풍요로운 가을이 들판을 한 번 물들였다가 주먹만 한 함박눈과 함께 지워지고 동녘부터 녹기 시작한 시냇물 아래에서 물고기들도 알을 까는 봄이 되자, 주경수는 백아의 배꼽에 침을 흘리다가도 가끔 눈시울을 적시곤 했다.

"백아야 백아야 내 정녕 어찌하면 좋단 말이냐?"

"나리. 나리께서 백아를 사랑하시면 백아는 어찌하여도 좋아요."

"백아야. 내 아들이 금의환향하여도 나 같은 못난 아비는 앞에 나설 자격조차 없구나. 부끄럽다, 참으로 부끄러워."

"나리께서 왜 부끄러우신가요?"

"네 살에 묻혀 시름을 잊고 네 웃음에 녹아 나를 잊었으니 그렇다."

"잊는 것이 어찌하여 나쁜가요? 그대에게는 기억해

야 할 어떤 좋은 것도 없는데요."

그는 고개를 들었다.

백아는 처음 청경호 기슭의 초가에서 만났을 때와 똑같은 얼굴로 웃었다. 어린 계집애라고는 믿을 수 없을 만큼 노회한, 교태 서린 웃음이었다. 주경수는 백아의 매끄러운 뺨을 향해 손을 뻗었다. 그 요사스러운 아름다움 앞에 제 주름진 손가락이 얼마나 어울리지 않는가를 깨닫고 그가 잃어버린 세월을 한꺼번에 돌이켜 떠올리려는 찰나, 곡소리가 멀리서 들렸다.

"죽었다. 그렇지, 백아. 죽어버렸지?"

신욱이 죽었다.

신욱이 죽어버린 것이다. 신욱마저!

주경수는 커다란 범처럼 포효하며 자리에서 벌떡 일어났다. 일어나려고 했다. 그러나 좁고 퀴퀴한 방 밖으로 퍼져나갈 힘조차 없는 신음 소리를 냈을 뿐이었다. 백아는 도로 제 품으로 거꾸러지는 못난 늙은이를 꼭 껴안았다. 거미처럼. 뱀처럼. 뻘처럼 그를 끌어안아 어떤 대단한 것도 없는 세계 속으로 내려앉았다. 주경수는 울었다. 눈물이 줄줄 주름을 메우고 흘러 백아의 수밀도 같은 가슴을 적셨다.

"나리. 백아가 나리의 아이를 낳아드릴게요."

"요망한 것!"

그는 백아의 목을 움켜쥐었다. 백아는 그의 손 아래에서 괴로운 듯 낯을 찡그리더니 파랗게 질려갔다. 핏기가 가신 흰 이마가 눈부시게 빛났다. 상끗, 백아는 웃으며 쥐어짜내듯 몇 마디 늘어놓는 것 같다가 저편 허공을 가리켰다.

신욱이 죽었다!

신욱마저 죽어버린 거다!

주경수는 제 쇠해버린 청춘을 목 조르듯 백아의 숨이 끊어질 때까지 힘을 주었다. 백아는 축 늘어졌다. 방바닥에 팽개치듯 떨어진 백아의 팔이 나무 막대기처럼 툭, 움직여 방구석을 가리켰다. 경수는 넋을 놓고 주저앉았다가 한참 만에 백아의 보라색 손가락이 향한 방향으로 시선을 돌렸다.

호리병이 거기 있었다.

경수는 그날까지 거의 화경 선생도, 그의 당부도 잊었다가 겨우 제 옛일을 떠올렸다. 그는 떨리는 손으로 호리병을 꺼내 쥐었다. 안쪽에서 백아의 목소리처럼 가느다랗고 싱그러운 물소리가 들렸다. 그는 맨발로 뛰쳐나갔다. 바깥은 완연한 가을, 다 해진 옷을 걸친 경수의 살갗들이 찬 바람에 할퀴었다. 그는 봉두난발로 달렸다. 어린 시절 뛰어놀던 바닷가로. 활 없이 공으로 시위를 당기며 수평선 저편의 어딘가로 가상의 화살을 날려 보내던 지학(志學) 무렵의 그 자신이 어제 일 같았다. 그의 발치를 적신 물결이 물러가며 하얀 거품이 일었다. 경수는 숨을 허덕였다. 호리병을 높이 들고는 한 번 망설이지도 않고, 그는 바다를 향해 집어 던졌다.

그것이 제 허비해버린 지난 생애거나 잃지 않을 수도 있었을 그의 몫이라서, 집어 던지는 즉시 모든 것이 본래대로 돌아가기나 할 것처럼 힘껏.

바다는 호리병을 몇 번 새김질하더니 기어코 집어 삼켰다. 호리병이 물살에 깨어진 듯 새카만 물이 푸른 바다에 섞여 들었다. 먹빛 물은 금세 흐려지는 것 같더니 이윽고 기다란 문자로 변해 치솟아 오르기 시작했다. 경수는 자리에 주저앉았다. 궁둥이를 적시면서 밀려온 파도가 그의 등판을 후려치며 돌아갔다.

"자유다!"

"자유다!"

"드디어 자유다!"

"자유다!"

"오, 오, 자유다!"

"오, 오, 오!"

"자유!"

"자유!"

여덟 방위에서 여덟 마리의 용이 빛에 휩싸인 채 하늘을 미친 듯이 질주했다. 그것들은 침을 뱉듯 새빨간 핏덩이를 마구 떨어뜨렸다. 온 세상이 터진 양수에 잠긴 것처럼 피와 기름으로 범벅이 되었고 생선 비린내가 진동했다. 경수는 제가 바라보고 선 남쪽 바다에서 검은 먹물로 된 아홉 개의 문자가 열을 지어 용으로 변하는 광경을 멀거니 지켜보았다. 용은 바닷물에 몸을 씻고는 새하얀 나신으로 변하더니 뱀처럼 껍질을 훌떡 벗었다. 그리고 백아의 목소리로 까르르 웃으며,

"자유다!"

벽력같이 외쳤다. 이윽고 하얀 용은 다른 여덟 마리의 용들과 어우러져 여러 바퀴 재주를 넘으면서, 도로 남쪽 바다 깊은 곳으로 대가리를 박고 차례차례 잠겨버렸다. 용들이 그렇게 사라지자 새빨갛던 하늘은 새파랗게 벗개고 가을 태양이 다시 모습을 드러냈다. 온 세상에 진동하던 비린내도 단숨에 가셨다. 핏덩이들은 녹아 흙과 물과 바위 사이로 사라졌다.

그날 이후 주경수가 어디로 갔는지 아는 사람은 아

무도 없었다.

먼 훗날 그의 아들 주신욱이 위병 일을 맡았다가 길거리에서 시비가 붙어 죽게 된 것을, 어느 도사가 '빚이 있다'며 대신 구명해주었다고도 하는데 이 또한 기록된 바가 아니다.

＊

이런 이야기가 있다.

대륜국 동쪽 끝에 어느 날 아홉 마리 용이 태어났는데 성미가 몹시 고약하고 재주 자랑을 즐겨, 백성들이 자주 상했다. 하여 대륜국 황제가 친히 나서 제압하고 청경호에 가두었으나 그중 가장 작고 아름다운 아홉 번째 용만은 검은 먹물을 채운 호리병에 남겨 세속 공기를 쏘이게 해주었다. 늙은 제관이 나서서 '백룡 탓에 거사를 망치리라' 하였으니, 뒷날 과연 백룡이 다른 형제들을 모두 풀어주고 남쪽 바다를 차지한 후에야 황제가 후회했다고 한다.

소선국에서는 이것이 남쪽 바다에 아홉 용이 살게 된 연유라고 믿는다.

제3편

춘화 春畵

— 세간에서 이르기를, 도사 화경 선생이 신유림의
신령을 모셔 여우구슬을 얻었다 하였다.

　대저 사람이 여우구슬을 입에 물면 장생불사(長生
不死)하고, 삼키면 삼라만상의 이치를 깨달아 우화등
선(羽化登仙)한다 하니, 사람들이 탐을 내어 칼과 도끼
를 들고 선생을 찾았다.
　오색 끈을 매단 당산나무가 불탄 자리에 푸른 싹이
돋았을 뿐 선생은 간 곳이 없어 모두 그가 채색 구름
을 타고 신선이 되었다고 떠들었다.

*

코흘리개 계집애는 제 이름을 몰랐다. 어미는 대처에서도 제법 소문난 논다니였는데 세월 앞에 장사 없는지라 홍안 여위고 좋던 목청도 시들자 벌이가 대번에 나빠졌다. 그예 제가 낳았던 계집애를 화전 하는 사내 손에 떠넘기고 떠나버렸다. 물끄러미 자는 자신을 내려다보며,

"고마운 줄 알어. 이년처럼 살지 말라고 이러는 것이니."

하고 중얼거리던 어미가, 계집애의 기억에 남았다.

기집.

사내는 계집애를 마냥 기집, 그렇게 불렀다. 그는 사십 줄에 들어선 외톨이였는데 계집애를 어린 노루처럼 예뻐했다. 그래서 어린 노루가 폭설에 떠밀려 초막 근처에 나타났을 때처럼 그는 그녀를 눈부신 듯 쳐다보고 덫을 놓아선 늘씬한 다리를 뚝 분질렀다. 계집애는 세는 나이 다섯 되었을 적부터, 이것아 기집아 하고 부르며 제 앙가슴을 꾹 누르는 사내 아래에서 몇 번이나 피를 흘렸다.

그녀가 행위의 이름을 채 깨닫기 전에 사내는 삼을

몇 뿌리 캤고 그것을 팔러 내려가 다시는 돌아오지 않았다. 나이를 헤아릴 줄도 모르고 계절이 가는 것도 잘 분간하지 못하는 채 계집애는 홀로 지내다 아둑시니라는 도적 눈에 띄었다. 봄이었다. 도적은 비열하고 셈이 빠른 자였으므로 계집애는 산채로 끌려가는 대신 작은 년이가 되어 어느 계곡 초입의 여관에 들어앉았다. 계집애는 어눌한 말투로 술을 팔고 밥을 지었고, 아둑시니는 열닷새에 한 번 와서 계집애의 머리통을 쓰다듬었다.

"착하고 이쁘다, 우리 작은 년이."

그는 툭 튀어나온 앞니를 내놓고 씨익 웃었다. 그녀는 광을 열어 열닷새 동안 모은 것을 보여주었다. 그는 술병 주둥이를 문 채 계집애의 앞가슴을 풀어헤쳤다.

"어디다 묻었니."

그가 헐떡이며 물으면,

"시킨대루 쪼개서 채마밭에 묻구 아궁이에도 넣구 국밥도 말았시요."

그녀도 같이 숨을 가쁘게 몰아쉬었다. 자고 일어나면 품에 잇자국을 내놓은 자리에 등갑빗 같은 것이 놓여 있곤 했다. 그녀는 그게 얼마나 좋은 물건인 줄도 몰라 품에 그냥 품고 있다가 보부상 손님에게 핀잔을 들은 다음에야 머리에 비스듬히 꽂아보았다.

머리 한쪽이 이상스럽게도 무거워서 절로 자세가 삐딱해졌다.

그녀의 배가 슬슬 부풀어 오를 즈음, 아둑시니의 발길이 뚝 끊겼다. 열닷새는 마흔여남은 날이 되고 곧 백서른 며칠이 되었다. 그녀는 스물 이상을 헤아리지 못했으므로 이내 날짜를 잊었다. 사방이 폭설로 뒤덮여 탁발승의 발길도 순례객도 사라진 섣달 무렵, 칼을 찬 사내가 찾아 들었다. 남산만 한 배로 씩씩대며 냉골에 누워 있던 여자는 때에 전 이불과 아랫목을 양보하고는 젖은 나뭇가지로 불을 피웠다.

사내는 담비털을 덧댄 답호를 풀어놓고 찡그린 얼굴로 방을 차지했다. 그녀는 멀건 죽 한 사발을 개다리소반에 받쳐 내놓았다. 그는 입맛이 딱 떨어지는지 휘어진 숟가락을 손끝으로 집었다가 도로 팽개쳤다.

"이것뿐인가?"

"글쎄 낸들 어쩌우. 들고 나는 사람이 있을 적에는 그래도 고깃국이 올랐지만서두⋯⋯. 사람 구경을 못한 지 한참이라니까. 남았더라도 죄 썩었시요. 딱한 양반이 때를 잘못 골랐지."

진심으로 안타까워하는 기색이라 사내는 계집애를

새삼스러운 눈으로 바라보았다. 퉁퉁하고 넙데데한 뺨이 얼고 터지고를 반복해 시뻘겠다. 그가 보기에 그녀는 엉키다 못해 칡넝쿨 꼴이 된 머리하며 낡은 적삼까지 차마 봐줄 게 아니었건만 묘하게도 눈이 크고 천진해서 사람을 끄는 듯싶었다. 사내는 그녀의 부른 배에 슬그머니 손을 얹었다.

그녀는 몸을 피하지 않았다.

새벽녘에 사내는 칼 다루는 이들 습성대로 쉽게 눈을 떴고, 머리맡에 둔 칼자루를 번개같이 채어 쥐었다. 옹송그리고 숨어들어 그의 목을 노렸던 칼이 구들장을 한 번 찔렀다. 사내는 벽에 붙어 서서 그녀를 노려보았다.

"여우냐?"

여자는 의아하다는 듯 그 천진난만한 눈으로 사내를 올려다보았다. 방금 그를 죽이려고 칼을 휘두른 주제에 정녕 알 수 없다는 듯, 고개를 갸우뚱거리며 그녀는 물었다.

"그짝이 지금 아니 죽으믄 다음 사람두 고깃국은 못 먹는디, 고것이 그래두 괜찮우?"

사내는 소름이 끼쳐 몸을 떨었다.

그제야 자신이 여행객을 잡아 인육을 팔고, 재물은

훔치는 종류의 숙소에 들었음을 알았다. 그는 여자를 묶고, 공범이 없단 걸 확인하고 나서 날이 밝기를 기다렸다. 바깥에선 횡횡 날카로운 소리를 내며 겨울바람이 지나고 골짝마다 눈이 한 무더기씩 쏟아져 쌓였다. 사내는 환한 빛 아래에서 발자국을 어지럽게 남기며 여관 주위를 뒤졌다. 광에는 여자가 대충 쌓아놓은 온갖 재물이 고스란히 남아 있었고 아궁이며 마당 한쪽에서 타다 남은 머리카락과 뼈가 나왔다. 여자는 사내가 하는 양을 한가로이 지켜보며 멀뚱멀뚱 앉아 있다가, 그가 아주 오래된 여자 뼈를 섬돌 바로 아래에서 찾아내자 눈을 가느다랗게 떴다.

여자의 해골에 알량하게 걸려 있던 등갑빗을 보고 떠오르는 바 있었던지,

"그게 아마도 큰 년이겠시요."

하고 히쭉 웃었다.

사내는 여자의 둥글고 얼어 터진 얼굴을 진정 여우라도 보듯 내려다보았다.

"사람이 죽었어."

"죽었시요. 그거이 뭐 어떻다는 말이야요? 토끼도 꿩도 죽지요."

"인간도 아닌 계집이로군. 짐승이로다."

사내는 여자의 어깨를 세게 잡아 밀어 넘어뜨렸다. 여자는 시야를 스치며 반 바퀴 돌아누운 산등성이를 바라보았다. 토끼도 꿩도 죽이지 않았는데 사람을 죽였다. 인간이 아니다. 어째서? 여자는 생각했다. 범은 사람을 잡아먹는다. 여우도 사람의 간을 씹는다고 들었다. 인간이 아니다. 그렇구나, 짐승.

사람을 먹는 것은 짐승이구나.

여자는 눈을 감았다.

그는 여자를 관에 넘기는 대신 데리고 내려가 대처로 나갔다. 여자는 몰랐으나, 그곳은 소선국의 수도 응천이었다. 여자는 높다란 성벽 아래를 지날 때면 그게 당장이라도 무너져 저를 덮치기나 할 것처럼 몸을 웅크린 채 벌벌 떨었고, 비단옷에 노리개를 늘어뜨린 여자들이 곁을 지날 때면 입을 헤 벌린 채 한눈을 팔았다. 딸각거리는 말발굽 소리나 수레바퀴가 아니라 여자들의 호박 노리개에서 한순간 반짝이는 햇빛 조각이 그녀의 내면에 말라붙은 어떤 인상을 되끌어내는 것 같았다. 그녀는 거칠게 팔을 잡아당기는 사내에게 끌려 팔각지붕을 인 어느 저택으로 향했다.

인공으로 만든 연못에 팔뚝만 한 잉어가 노닐고 여러 개의 가산이 봉래를 본떠, 곧 주먹만 한 신선들이 구름을 끌고 하강할 것 같은 정원이 펼쳐졌다. 여자는 굼실굼실 벽을 타고 앉은 기와로 된 용과 고상한 창들 너머로 이쪽을 훔쳐보다 길게 늘어진 분홍 치맛자락을 끌고 부리나케 도망치는 여자들의 분 냄새에 넋을 놓았다.

사내는 여자가 알 수 없는 여러 이야기들을 늘어놓으며, 커다란 방에서 그녀를 다른 사내에게 넘겼다. 여자는 비단 보료에 근엄하게 앉은 그 나이 든 사내가 이 광대한 저택의 주인이라는 사실을 곧 깨달았다. 여자는 우울한 얼굴에 죽음의 냄새가 풍겨오는 노인을 똑바로 쳐다보았다.

"강호에서 이름 높은 자네가 이런 수에 손을 빌려줄 줄은 몰랐네그려."

저택의 주인이 말했다. 사내는 고개를 깊이 조아렸다.

"그토록 복수가 중하다는 뜻이렷다. 백천."

"아니옵니다. 대인. 이 계집은 어차피 죄가 중해 지옥에 떨어질 물건, 최후에나마 선한 일에 발을 들이는 편이 구원이 되리라 여겼사옵니다."

"죽고 죽이는 데 구원이 어디 있겠나."

대인.

여자는 대인, 이라고 다시 입안으로 되뇌며 노인을

눈에 새겼다. 그녀는 언제나 제 뜻과 관계없이 여기에서 저기로 옮겨 앉았기에 그 모든 상황이 아무렇지도 않았다. 이 초막에서 저 초막으로, 다시 이번에는 드높은 성벽이 첩첩이 놓인 너머의 어느 저택으로. 노인의 등 뒤에 놓인 병풍이 그녀의 눈에 들었다. 저택에서 시작해 길게 뻗어나가, 여러 첩을 지나자 어느덧 깎아지른 절벽과 안개에 휩싸인 고요한 나루터에 도착하는 그림이었다. 나루터 너머는 백지 같았다. 여자는 텅 빈 그 공간이 강을 뜻하는 것이라고는 알지 못해, 허공을 저어 나가는 일엽편주(一葉片舟)가 광막한 하늘을 나는 줄로만 여겼다.

아마도 어떤 인간은 하늘을 날 줄 아는 것이리라.

"여인을 두고 가게. 자네는 이 일을 모르는 것으로 해둠세."

대화가 끝나자 여자를 데리고 왔던 사내는 한마디 말도 없이 물러갔다. 여자는 혼자 남았다. 노인은 여자의 부푼 배와 땟국물에 전 저고리를 지그시 바라보았다.

"돌아갈 곳은 있느냐?"

"없시요."

"가엾구나."

그것이 다였다. 노인은 여자를 언년이라고 이름 붙이고는 하녀들 방으로 보냈다. 여자는 물을 긷고 불을 피우고 밥을 지었다. 고깃국에는 이미 다 저며진 고기와 잘린 뼈만 넣으면 되었다. 여자는 때로 고기의 감촉과 무게를 가늠해보곤 했다. 어느 날은 돼지였고 어느 날은 소였으며, 때로 양과 염소도 들어왔다. 하지만 여자는 어느 날엔가 도마 위에 삶아 낸 고기를 놓고 칼로 잘라내다 말고, 그것이 꼭 사람 같다고 생각했다. 김이 모락모락 피어오르는 젖빛 비계 위로 칼을 올린 채 여자는 혼자 씩 웃었다.

여자는 저택의 행랑채 어딘가에서 아이를 낳았다. 겨울이 다 끝나기 전이었다. 여기저기 남은 잔설 위로 겨울비가 봄을 재촉하듯 쏟아지던 날, 여자는 동이 트는 것 대신 아이의 발가락이 제 몸을 빠져나가는 감각을 먼저 느꼈다.

가물거리는 눈으로 바라본 갓난애는 작고 검붉었다. 여자는 도마 위에 몇 번이나 올려보았던, 수많은 인간의 고깃덩이들과 자신이 낳아놓은 아이 사이에서 어떤 차이점도 찾아낼 수 없었다. 사람들이 수선을 떨며 아이를 씻기고 얼러 여자의 품에 안겨주었다. 여자는 낡았지만 정성 들여 빨아낸 이불 아래 아이와 누워 천장을 올려다보았다.

계집애야.

엄마하고 나하고 똑같은 계집애야.

— 자네를 닮았어.

같이 일하는 여자들이 떠들며 사랑스러운 듯 아기를 바라보던 모습이며 목소리가 머릿속을 웽웽 울렸다. 나를 닮았어. 여자는 품 안의 아기의 무게를 새삼 재보았다. 김이 모락모락 오르던 젖빛 비계. 칼을 가져다 대면 잠시 완고하게 그 끝에 머물렀다 어느 틈엔가 부드럽게 벌어져, 결을 따라 잘려 나가던 근육의 감촉. 여자는 수없이 찌르고 잘랐던 육신들에서 물컹 솟던 피를 떠올렸다. 혹은 질감을. 쇠로 된 칼날을 따라 빗줄기처럼 미끄러지던 수많은 사람 피의 질감이 이번에는 그녀의 뺨을 타고 흘렀다.

여자는 제 귓바퀴로 굴러드는 물기를 무심하게 닦아냈다.

이튿날 아침 몸을 푼 여자를 거들어주려고 방에 들어섰던 건넛방 물어미가 이불 아래에서 차갑게 식어버린 갓난애를 발견했다.

이불 무게를 버티지 못한 모양이라고, 참으로 가엾다고, 여자들은 앞다퉈 '언년이'를 위로해주었다. 언년은 벌게진 눈으로 멍하니 누워 아무 말도 들리지 않는 사람처럼 가만히 있었다. 처음 죽은 애를 발견한 물어미가 그녀의 손을 잡고 제 아이를 잃은 양 한 바탕 울어주었을 때도 그녀는 혼자 떠올렸다.

— 가엾구나.

돌아갈 곳이 없다는 사실이 가엾은 것일까.

아니면 아이의 작은 코와 입을 손쉽게 이불로 눌러 죽여버렸다는 사실이 가엾은 것일까.

여자는 알 수 없었다.

여자는 소반 위에 놓인 고깃국물을 떠 목으로 넘기며 그 안에 떠도는 기름기가 죽어 늘어진 붉고 작은 그 몸뚱어리라고 상상했다. 차가운 흙 아래 무명천으로 둘둘 말려 묻힐 어린 생명이 아쉬운지 아까운지 여자는 몰랐다. 그저 입안에서 고기의 군내가 천천히 부풀어 오르고 골방 가득 죽은 동물들이 그림자 없이 들어차는 환상을, 그녀는 보았다.

여자는 지그시 자신을 쳐다보는 여러 쌍의 눈동자에게 무언가 말을 건네야 한다고 생각했으나 그것이 제 몫인지 판단하지 못했다.

백 일이 지나, 노인이 여자를 불렀다.

여자는 먼저 방에 들었던 사람의 뒷모습을 바라보

며 그 뒤쪽에 앉아 넙죽 절을 올렸다. 서툰 동작에도 아랑곳하지 않고 노인은 먼저 들었던 이에게 여자를 가리켜 보였다.

"선생, 저것이 그 물건일세."

"귀한 일을 자청하셨습니다. 차마 이름을 밝히지 못하는 분들을 대신하여 이 산해가 감사를 올립니다."

여자는 왜 자신이 감사를 받아야 하는지 알 수 없어 돌아앉은 그 사람을 쳐다보았다. 고개를 들어 올린 사람은 젊었고 눈이 기름했다. 답호를 입었던 사내도, 아둑시니도, 이 사람도 젊었다. 여자는 저도 모르게 제 배를 꾹 눌렀다. 산해라는 이름의 남자가 검은 눈으로 여자의 하는 양을 물끄러미 보고 있었다.

"부인께 청하고 싶은 일이 있어 무례를 무릅썼사옵니다."

청은 공손하였으나 여자는 그것이 일종의 명령이라는 것을 알았다. 답호를 입은 사내는 그 일을 위해 그녀를 노인에게 넘겼을 터였다. 여자는 가볍게 고개를 끄덕였다. 갑자기 아둑시니가 가슴팍에 던져주고 갔던 등갑빗이 떠올랐다. 왜 이러한 때 그것을 떠올리는지 여자는 몰랐다. 모르는 것은 빨리 잊혔고 이내 떠올린 적도 없는 것처럼 그녀의 의식 아래로 가라앉았다.

산해는 여자에게 사람을 죽여달라고 청했다.

비단옷을 입고 사람인 척하는 짐승을.

짐승. 여자는 사람과 짐승이 얼마나 다른지, 과연 어느 한쪽이 더 사악한지 알기 어려웠으나 잠자코 산해의 말을 들었다. 답호를 입은 사내도 여자를 인간도 아니라고 불렀다. 여자는 그의 말에 따르자면 짐승이었다. 사람인 척하는 짐승. 여자는 고개를 조아렸다. 산해는 낮게 으르렁거리며 부모의 원수를 갚기 위해 오늘날에 이르렀음을 호소하고, 살의 없이 오래 상대를 지켜볼 인물이 필요하다는 사실을 알렸다.

그날로 여자는 산해의 몸종이 되어 그와 길을 떠났다.

노인의 저택만큼이나 거창한 곳에 이르러 여자는 귀빈 대접을 받는 산해와 함께 새로운 사람을 만났다. 여자였다. 팽팽하게 올려 묶은 머리카락은 반쯤 희었고 눈가에는 주름이 깊었다.

"경설 마님, 기체후 일향 만강하시옵니까. 불초한 아우가 아둔하여 오랫동안 문안을 못 여쭈었사오니 부디 용서하십시오."

산해는 여자 앞에 공손하게 예를 올렸다. 여자는 따라서 절을 했다. 경설이라고 불린 주인은 웃을 줄 모르는 사람처럼 날카로운 시선으로 고개를 한 번 까딱거렸다. 문이 열리고 잘 차려입은 여자들이 우르르 들어와 앉았다. 여러 송이 핀 모란꽃 같은 여자들 사이에 명자나무꽃 같은 자그마한 여자가 홀로 고개를 빳빳하게 들어 올렸다. 여자, 언년은 그녀와 눈을 맞췄다.

명자나무꽃은 방그레 웃었다.

"얘, 넌 어디서 왔니?"

나중에 명자나무꽃은 언년이 자신과 한방을 쓰게 되었다고 알려주며 무릎을 바짝 붙이고 앉아 물었다. 언년은 고개를 반쯤 흔들었다가 산해가 일러주었던 것이 떠올라 겨우 다른 말을 했다. 거짓을 고하지는 않았다. 제가 노총각과 살던 산을, 아둑시니가 찾아오던 초막을, 나중에는 노인 밑에서 잡다한 일을 하던 저택을, 그 속한 지명을 말했기에. 언년은 거창하고 낯선 지명들이 아주 이상하게 여겨졌다. 펄펄 쏟아지던 눈이나 길을 잃은 노루를, 혹은 사내들 벗은 가슴에 눌려 버둥거리던 나날을 그 지명들은 조금도 떠올리게 하지 않았기 때문이었다.

"나는 사월이라고 하는데, 너는 언년이라지? 언년이가 얼마나 많은지 너 아니?"

"모르지."

"사투리 쓸까 봐 그래? 말이 왜 그리 짧아. 맘 푹 놔라, 애. 사월이두 여기 열둘은 될걸."

사월은 까르르 웃었다. 다 익은 석류가 툭 터지는 것 같았다. 언년은 열둘은 된다는 사월이들 틈에서 과연 그녀는 무엇일까 재보았다. 언년에게 사월은 그저 명자나무꽃이었다. 그 외에 아무것도 아니었다.

수다스러운 그녀와 묻어 지내는 동안 언년은 경설 마님 곁을 맴돌았다. 산해는 다른 명이 있을 때까지 경설의 곁을 잘 지켜달라고 했다. 살의 없이. 대단한 총기를 발휘하지 않고. 눈에 띄지 않는 몸종 계집으로 지내달라고. 언년은 경설의 손 씻을 물처럼 무던하게 살았다. 황금 대야에서 출렁거리다가 빈 마당으로 휙 내던져져 단박에 식어갈 그런 물처럼 거기에 있으면 족했다.

때로 잠결에 눈을 뜨면 산짐승이 멀거니 자신을 내려다보는 환상이 보였다.

말 없고 순한 그 눈동자를 보고 있으면 언년은 제 텅 빈 손이 묵직하게 차오르는 것 같았고 사내가 젖가슴을 움켜쥐었을 때처럼 온몸이 바르르 떨렸다.

언년은 뭐라고 말을 하고 싶었다.

이따금 한마디 떠오르는 것이 있어 입뿌리까지 뿌

듯하다가도 그녀는 그것이 과연 제 몫인가 알지 못해 또 삼키곤 했다. 이불에서 명자나무꽃 냄새가 났다. 곁에 누운 사월을 돌아보면 눈에 익은 어둠 너머로 달게 잠든 앳된 얼굴이 이상하리만큼 눈부셨다. 언년은 이불을 끌어당겨 가만히 사월의 얼굴을 가렸다. 이불 위로 어둠이 가물거렸다. 그것은 얄팍하고 질척한, 피로된 막 같은 그림자였다. 언년은 그 그림자가 누구의 것인지 고민하며 다시 잠 속으로 빠져들었다. 아침나절에 눈을 뜨면 이불은 고스란히 거기에 있었고, 사월은 이불 아래에서 꼭 다시 태어나는 사람처럼 불쑥 얼굴을 내밀었다. 언년은 이불이 걷히고 사월이 첫 숨을 내쉴 적마다 저도 모르게 눈을 감았다.

갓난애의 울음소리가 그녀의 귀 깊숙한 곳에서만 맴돌다가 훌쩍 사라졌다.

계절이 열 번 바뀔 때까지 산해는 아무 연락도 해오지 않았다.

언년은 저택에서 보고 들은 것이 모두 꿈 같았다. 밤에 슬쩍 끌어다 덮은 이불 아래 잠꼬대를 하는 사월이 그녀가 아는 전부이고, 아침에 싸늘하게 식었던 조그마한 몸뚱어리는 눈꺼풀 안쪽에 새겨진 전생의 기억일지도 몰랐다.

그녀는 이내 부엌에 서게 되었고 뼈에 붙은 고기를 칼로 저미며 그 결을 가볍게 주물렀다.

그것이 사람 고기처럼 여겨지는 일은 없었고 더운 국물에서 쓸데없이 군내가 나는 일도 없었다.

어느 아침 언년은 목이 그대로 붙은 채 털이 뽑혀온 닭의 배를 죽 갈랐다. 배 속을 대충 긁어내자 검붉은 속에 섞여 손가락 마디 하나만 한 바늘이 튀어나왔다. 언년은 바늘을 물에 헹궈 옷고름에 찔러두었다. 방으로 돌아오자 사월이 전해 받았다며 언년에게 한마디를 전했다.

산해였다.

언년은 사월이 고개를 갸웃거리며 전하는 돼지고기 이야기가 산해의 언질인 것을 알았다.

"글쎄, 밥상에 오른 고기가 상했단다. 주인 마님한테 알리면 야단맞는다면서 언년이한테 바로 얘기하라더라. 너 그 선비님 방에 상 들여갔니?"

"그랬나 보다."

"어이구, 뭘 그리 바빠. 사람 손이 몇인데 부엌일 보느라 바쁜 너한테 상까지 맡긴대?"

"노는 손이 따로 있다니? 비는 대로 들이면 그만이지. 얘기는 됐고 이거 사월이 너 가져라."

언년은 닭의 배에서 나온 바늘을 사월에게 주었다. 사월은 생뚱맞은 선물을 보고 의아한지 계속 말을 붙여 왔다. 언년은 뚱하게 앉아 바느질거리를 끌어당겼다.

"안 그래도 바늘 부러진 걸 어찌 알았대? 언년이 용해, 참 용해."

빈방으로 들이친 햇살이 문살무늬를 찍어놓았다. 언년은 좁은 방에 붙어 앉은 사월의 둥그스름한 어깨와 복숭앗빛 뺨 위로 비스듬하게 걸린 그림자의 외곽선을 눈으로 훑었다. 이불 아래 들리던 고른 호흡소리도, 시선을 다시 천장으로 향하면 어김없이 쑥 면상을 들이밀던 짐승들의 환상도, 이렇게 낮 동안 마주 앉으면 죄 거짓말 같았다.

자시(子時)를 지났을 무렵 언년은 조용히 일어나 방을 빠져나갔다. 방문턱을 넘을 때 사월이 떨어뜨려 놓은 쌈지가 채여 굴러갔다. 그녀는 뒤를 돌아보았다. 달빛이 푸르스름하게 들어차면서 밀려난 그림자들이 저편 벽 아래 오글오글 고여 있었다. 얇고, 질척하고, 끈적한, 고기의 힘줄 부분 같은, 어둠이었다. 언년은 그 안에서 이미 숨이 멎은 채 자신을 바라보는 눈동자들을 본 것 같았다.

거기 갓난애는 없었다.

언년은 호흡을 고치고 밖으로 나갔다. 신에 발을 꿸 때 바늘을 밟았다는 사실을 깨달았다. 오른쪽 발에서 피가 흐르고 있었다. 언년은 날카로운 통증을 느끼며 걸어 안방으로 갔다. 무섭도록 고요한 마당에는 아무도 없었다. 달이 깨벗은 나무들을, 을씨년스러운 가을바람 소리에 파묻힌 장독과 물동이들을, 한쪽에 세워 놓은 도리깨를, 교교(皎皎)하게 내려다보고 있었다.

경설의 방문 앞에 무릎을 꿇고 앉아, 언년은 아둑시니의 초막에서 여행자들의 몸을 칼로 찌를 때를 떠올렸다.

— 여인의 몸으로 어찌 장정을 죽였습니까?

산해가 물었을 때, 언년은 술과 밥에 약을 타는 법을 설명했다. 약은 만들기 어렵지 않았고 언년은 그것을 많이 가지고 있었지만 지금은 없다고도 말했다. 산해는 언년에게 약을 가져오는 건 자신이 할 일이라고 답했다. 언년은 준비된 칼로 경설의 숨을 뺏기만 하면 된다고.

— 죽여서, 자르우? 아니문 어디에 묻을까? 국을 끓여 대접하리까? 또 아니문……

— 부인. 죽이기만 하면 됩니다. 숨을 뺏기만 하면 가없은 그 몸에 다른 무도한 짓이 무슨 의미가 있습니까?

언년은 장지문을 옆으로 밀고 안으로 들어갔다.

가엾은 그 몸.

머릿속이 쟁쟁 울렸다.

경설은 노란 비단 이불을 덮고 고요히 잠들어 있었다. 천장을 향해 누운 얼굴은 반듯했고 호흡은 편안해서 언년은 사월을 떠올렸다. 눈을 뜨면, 경설의 눈에는 천장이 고스란히 보일 터였다. 짐승의 눈알도, 엉겨 붙어 들끓는 그림자도 없는 천장이란 어떤 모습일지 언년은 처음으로 궁금하게 여겼다.

손을 뻗어 금침 아래를 더듬자 칼자루가 잡혔다. 언년은 조용히 칼을 들어 경설의 목을 찔렀다. 경악한 듯 올려다보는 커다란 눈에 시선을 맞추고, 언년은 이미 숨이 멈춘 자신의 그 많은 짐승처럼 표정 없이 거기에 머물렀다.

경설은 버둥거리다 피를 쏟고 죽었다.

언년은 경설이 할퀸 제 목을 어루만졌다. 피가 묻은 채, 흐트러진 머리타래로 언년은 비틀비틀 걸었다. 아둑시니의 초막에서 무수한 살인을 저지르던 때와는 달리 굉장한 피로감이 그녀를 덮쳤다. 장지문을 열고 쭉 뻗은 복도로 발을 올리자 노인의 저택에서 본 병풍 그림의 산길이 눈 앞에 펼쳐졌다. 환상이었다. 검은 한 줄로 이어져 구불구불 나아가던 산길은 그 저택의 담장에 앉은 용처럼 보였으나, 그 끝은 다만 텅 빈 공백이었다.

날아갈 듯 위엄 있게 앉은 장대한 저택과 창칼처럼 자란 나무들로부터 주저앉은 이불같이 쪼그라들어 종내 딱 한 줄로 수렴하는 검은 선들.

그리고 백지.

언년은 따끔거리는 오른발로 점을 찍듯 바닥을 디뎠다. 마당은 하얀 달빛으로 가득하고 여름 계곡 물길 아래 모래들처럼 반짝반짝 빛났다. 언년은 거룻배 같은 자신의 그림자에 올라섰다.

나아갔다.

돌아갈 곳이 없었다. 그녀는 먼 기억 속의 물음을 되풀이했다. 돌아갈 곳은 있느냐? 스스로 묻고,

"없시요."

하고 전과 마찬가지로 답했다. 그러자 이상하리만큼 평온한 시선 속으로 어디서 튀어나왔는지 수많은 장정이 나타나 그녀의 몸을 휘어잡고 다그치고 묶었다. 언년은 아픈 오른발부터 무너졌다. 주저앉자 사람의 다리들이 그녀를 감쌌다.

"왜 죽였느냐?"

"누가 시켜 이런 짓을 했느냐?"

그녀는 아무 말도 하지 않았다. 관청 담장으로, 마루로, 심문장으로, 짚이 깔린 옥으로, 그녀의 몸뚱이는 옮겨 다녔고 언년은 풀각시처럼 힘없이 걸었다.

다시 어느 밤, 언년은 눈 내리는 소리를 들었다. 창이 없고 천장도 없는 옥에서 모로 누워 있던 언년은 어둠이 걷히고 긴 그림자가 옥사 안을 가로질러 저에게 오는 것을 보았다. 제일 먼저 비단신이. 다음에는 대님을 맨발이. 마지막에는 갓 양태 그림자로 반쯤 가린 젊은 얼굴이.

언년은 그 강팍해 보이는 입술이 열리는 것을 기다렸다. 한창 싱싱할 그 육체에서 채 털어내지 못한 눈송이가 떨어졌다. 언년은 자신의 배를, 저도 모르게 양팔로 감쌌다.

"죽어 마땅한 죄인에게 묻노니."

노총각과, 아둑시니와, 답호를 입은 사내와, 산해와, 또한 다르지 않은 목소리라고 그녀는 생각했다. 젊은 남자. 언년에게 이름을 지어주는 남자들. 언년은 등을 돌리고 누웠다.

"그 죄 씻을 길 없으나 만약 가엾은 자를 대신해 죽기를 자처한다면 죽은 후에나마 이름을 남겨줄 터이니 어떠하냐?"

언년은 퉁명스럽게 답했다.

"어려운 말은 모르우."

그러자 남자는 가만히 한숨을 쉬더니 몸을 낮추어, 옥창살을 손으로 잡고 고쳐 물었다.

"다른 이를 대신해 죽을 수 있겠는지 묻는 것이다. 어느 쪽이든 가엾은 노릇일 터이나, 혹 네게 그럴 뜻이 있다면⋯⋯."

언년은 몸을 굴려 일어났다. 시선이 마주쳤다. 언년은 남자의 얼굴을 똑바로 쳐다보았다.

"어차피 죽을 것이니, 가주지요."

남자는 깊이 고개를 숙여 '고맙다'고 중얼거리고 이내 가버렸다.

몇 번의 아침이 소리 없이 찾아 들었다 다시 소리 없이 떠났다. 언년은 죽은 듯이 누워 있다가 붙들려가 마차에 실려 먼 길을 갔다. 세 밤을 자고 깨어 다시 일곱 밤을 지나 도착한 곳은 그녀에게 몹시 낯선 산속이었다. 그녀가 살던 어떤 산과도 다른, 이채로운 초록빛에 그녀는 놀랐다. 녹나무도 느릅나무도 소나무와 덩굴 칡도 같은가 싶으면서도 색이 달랐다.

"여기가 어디요?"

묻자, 항성 어느 어느 산이라는 대답이 돌아왔다. 누박산인지 수박산인지 몰랐다. 여자는 울창한 수풀 가운데 난 좁은 길을 따라 걸었다. 앞서 걷던 형리가 멈추어 선 곳에는 커다란 서낭나무가 한 그루 있었다. 서낭나무에 주렁주렁 매달린 오색천들이 산바람에 너울거리는 것이 꼭 비단치마를 걸친 여인 같았다.

"자네는 여기 산신에게 제물로 온 게야."

"산신이 뉘신데 그러오?"

"범이지. 덩치가 산만 하고 허연 범인데 처녀를 하나 바치랬다네. 생떼 같은 처녀를 바칠 수 없으니 이왕 죽을 목숨, 자네에게 차례가 갔겠지."

"이왕 죽을 내게 그걸 왜 알려주시는 거요?"

"죽을 때 죽더라도 뉘 때문에 어찌 죽는지는 알고 가야 덜 가엾지 않겠나. 자네도 사람 새낀데."

인간도 아닌 계집이로다.

그 목소리가 절로 떠올랐다.

가엾구나.

그 목소리도.

여러 개의 목소리가 한꺼번에 떠올라 수런거리며 뒤엉켰다. 여자는 고개를 기우뚱거렸다. 등갑빛이 아직도 한쪽 머리에 꽂혀 있기나 한 것처럼. 형리는 곰곰 생각에 잠긴 여자를 제단에 데려다 앉히고 물러났다. 젊은 무당은 쪽빛 홑치마에 철쭉색 철릭을 걸치고 노랗고 빨간 허리띠를 동여맸다. 양손에 방울이며 칼을 쥐고 달려 나와 오방색을 물들인 명주천을 질질 끌며 연신 방울을 울렸다. 활짝 핀 종이꽃들이 제단 위에서 파르르르 떨었다. 하늘이 단숨에 어두워지더니 돌풍이 몰려왔다.

신령님!

부르짖으며 왈칵 엎어지는 무당의 얼굴이 창백했다. 언년은 제 앞으로 굴러오는 두루마리를 보았다. 좋은 종이에 구구절절 무얼 꾸며 쓰고 끄트머리 어드메에 언년의 이름이 적혀 있었다. 언년은 글을 몰랐다. 꾸물거리는 글자들이 죄다 알 수 없는 어떤 음모를 꾸미는 사람들 같다가도 그림 병풍에 늘어선 나무들의 우듬지처럼 보이기도 했다.

거기 적힌 제 이름은 언년이 아닐 수도 있었다.

여자는 땅이 우는 소리에 몸을 웅크렸다. 촛대가 쓰러지고 제수가 쏟아졌다. 두루마리에 불이 옮겨붙어 한순간 번쩍 타올랐다. 순식간에 몰려든 구름이 시커메지더니 비가 내리기 시작했다. 땅은 계속 울었다. 사람들은 우왕좌왕 흩어지며 날뛰었다. 무당은 주먹을

64

꽉 쥔 채 엎어져 꼼짝도 하지 않았다.

제물을 속여 신이 노하신 게야.

누군가 두려움에 떨며 중얼거렸다. 여자는 눈을 꼭 감았다. 무언가가 그녀의 숙인 어깨를 사뿐 즈려밟고 훌쩍 날아오른 것 같았다. 그 기묘한 무게감. 여자는 저도 모르게, 난다, 하고 뇌었다. 날아오른다. 사람이 거룻배를 타고 고요한 저 순백색 하늘로 날아오른 것이다. 여자는 눈을 떴다. 고개를 들어 올리니 꺾여 늘어진 창과 깃발, 허리가 토막 난 서낭나무 앞에 그녀는 혼자였다. 꺾인 서낭나무 가지가 정수리 바로 위까지 기울어져, 오색천이 그녀의 등을 덮고 있었다.

여자는 일어나 아무 방향으로나 걸었다.

산길을 따라 물소리가 들리는 방향으로 한참을 걷자, 둥그렇게 난 공터가 나타났다. 얼굴도 지워져버린 장승 앞에 웬 어린아이가 우두커니 앉아 발치를 내려다보고 있었다.

"너 누군데 여기 있니?"

말을 붙이자 아이는 비로소 고개를 들어 여자를 바라보았다. 어느새 비는 그치고 푸르스름한 안개가 자욱하였다. 안개에 파묻힌 채 아이의 새카만 눈동자가 한참이나 붙박여 있을 뿐 돌아오는 답이 없었다.

여자는 재차 물었다.

"집으루 안 가니? 느 엄마는?"

"몰라."

"모른다니 뭘 모른단 말이야?"

"집이 어딘지 기억이 안 나. 엄마는…… 엄마는 여기 없어."

"그럼 어쩌려고. 산속에 어린애 혼자 어정거리면 못써. 범이 와서 물어간다."

"어디로 가야 하는지 모르는걸."

여자는 그 말에 저도 모르게, 꼭 그렇게 말하기로 정해져 있었던 것처럼, 불쑥 내뱉었다.

"어디든 돌아갈 곳이 있을 거야."

말하고 보니 꼭 그럴 것 같았다. 아이는 주저앉은 채 무릎을 꼭 감쌌다. 여자는 내친김에 아이에게 다가가 손을 잡고 반쯤 강제로 일으켜 세웠다. 엉덩이를 툭툭 털어주고 입성을 보니 매초롬한 감색 배자에 새하얀 풍차바지, 앙증맞은 가죽신까지 꽤 좋은 집 아이 같았다. 여자는 아이의 손을 어루만졌다. 조그맣고 포동포동하게 살이 올라 부드러웠다. 하도 여려서, 여자가 몇 번 주물거리면 혹시 손 안에서 익은 비계처럼 폭 뭉그러질까 싶어 얼른 손을 놓았을 정도였다.

"돌아갈 곳 없으면 어찌해?"

"없긴 왜 없누? 무어 어디 하나 빈 곳이 있겠지. 느 하나 돌아갈 곳 없을라 보냐?"

있던 건 그저 어디론가 꼭 가는 법이다.

잘린 버드나무 밑동도, 홰를 치는 닭이 떨어뜨린 깃털도, 다 모지라져 여타의 바윗덩어리들과 다르지도 않아 보이는 돌부처도. 어딘가에서 와서, 무엇이었다가 다시 무엇으로 돌아가게 마련인 것이다. 여자는 곱디고운 아이의 손을 잡고 다시 걸었다. 사람도 짐승도 혹은 설움조차도 어딘가에서 온다. 무엇인가가 된다. 되었던 것은 돌아오고 걷기 시작한 것은 멈추지 않던가.

'내게 갈 곳이 없어도 이 아이에겐 있겠지.'

여자는 그렇게 생각했다. 아이의 부모가 애타게 찾고 있으리라고. 아이를 품에 돌려주면 세상을 다시 얻은 듯 기뻐하리라고. 낡은 이불 아래 바르작거리다가 숨이 꺼져버렸던 제 갓난애의 무게가 불현듯 떠올랐다. 그러자 걸을 적마다 오른발이 쿡쿡 쑤셨다.

"어디로 가?"

걷고 또 걸어도 길은 보이지 않았다. 짐승들이나 다니는 골짝으로 이끌리며 아이는 태평하게 방글방글 웃었다. 장쾌한 유람으로나 느껴지는 모양이었다. 여자는 아이의 채근에 손을 고쳐 잡았다. 손아귀가 땀으로 가득했다. 해는 떨어진 지 오래, 한 치 앞도 어둠이었다. 발끝의 감각에 의지해 여자는 수풀을 헤치고 걸었다.

"어디로든 가야지."

"어디로 돌아가는데?"

"어디로든. 어디 너 하나 기댈 곳 없겠니. 여우도 저 자던 골로 돌아가고 다람쥐도 나뭇등걸에 기어오르는데. 달도 서쪽으로 가고 북극성도 해가 뜨면 자러 가는데."

멀리서 불빛이 깜박거렸다.

여자는 겨우 맥이 탁 풀려, 아이를 부둥켜안았다. 살았다. 그런 심정이었다. 여기저기 긁히는 것도 모르고 넘어지고 꺾여 가며 불빛을 향해 나아갔다. 어둠인가 싶으면 허방이고 허방인가 싶으면 수풀이었다. 나무껍질에 손톱 끝이 부러졌을 때, 시야가 순식간에 넓어졌다.

초막이었다.

낯익은, 지독하게 낯익어서 소름이 끼치는 초막이었다. 여자는 눈을 비볐다. 항성의 아무아무 산이라고 했다. 항성에는 태어나 한번 가본 일이 없었다. 그런데 왜.

기집.

여자는 주저앉았다.

작은 년아, 사람은 어디다 묻었느냐?

여자는 숨을 헐떡거렸다. 한 손으로 배를 움켜쥐면서 다른 손으로 아이의 어깨를 끌어안았다. 보면 안 돼. 중얼거림은 흐느낌으로 변했다. 가, 어서 가. 눈물은 흐르지 않았다.

"너는 돌아가야지. 돌아가야지."

어둠 속에서 언제나 말끄러미 이쪽을 바라보던 수많은 눈이 일제히 시퍼런 빛을 발하며 그림자를 드리웠다. 품 안의 아이가 여자를 껴안았다.

"앞을 봐."

고개를 들고, 여자는 눈을 한 번 깜박였다.

껍질이 떨어지듯 눈 앞이 선명해졌다. 여전히 거기에 똑같이 버티고 선 초막. 흙을 바른 벽과 있는 둥 마는 둥 둘러친 사립문을 차례로 바라본 후 여자는 기듯이 한 손을 뻗었다.

낯선 집이었다. 여자가 한 번도 본 적이 없는, 완전히 다른 집일 뿐이었다. 여자는 소스라쳐 아직도 팔딱거리는 가슴께를 꾹 눌렀다.

"손님, 어쩐 일로 오셨습니까?"

청사초롱을 든 여인이 너울을 드리운 채 여자 앞으로 걸어 나왔다. 여자는 아무 말도 하지 못했다. 품 안에서 미끄러지듯 빠져나간 아이가 별안간 노호성을 내질렀다.

"네 이놈 화경아! 아직도 이런 잔재주나 부리느냐?"

고함과 함께 아이의 몸이 신장(神將)처럼 거대해졌다. 여자는 놀란 나머지 벌렁 뒤집어져 나뒹굴었다. 청사초롱을 든 여인이 호, 호, 호, 바람 빠지는 웃음소리와 함께 쪼그라들어 몽당빗자루로 변해 툭 떨어져 내렸다.

"화경아! 썩 나오지 못할까? 도사가 하늘을 능멸하려 한 죄, 범을 흉내 내 천 리를 달리고 만 리를 휘저어 사람을 상하게 한 그 못된 죄를 네가 알 터다."

아이였던 사람의 얼굴은 보이지 않았다. 여자는 환한 빛과 구름에 휩싸여 우렁차게 외치는 아이의 곁에서 떡하니 입을 벌렸다. 소리 없이 사위에 청사초롱이 늘어서고 부리는 이도 없이 저희끼리 두둥실 떠올랐다. 온 천하가 대보름날같이 밝은데 사람 하나 천천히 걸어 나왔다. 그림자가 길게 늘어져 그것이 사람임을 알았다.

"누이를 구하고자 한 것이 그리도 사악한 짓입니까? 누이를 해치려고 한 자들은 무구하고, 범을 흉내 낸 이 불초 제자만 비도(非道)하단 말씀이십니까?"

여자는 고개를 들었다. 허옇게 센 머리카락을 길게 늘어뜨리고 안광이 비색으로 번쩍거리는 그 남자가 이상하리만큼 앳되어 보였다. 등불이 비쳐 지면은 울금빛과 황금빛으로 얼룩덜룩하고 화경의 그림자가 아홉 방향으로 갈라져 휘청거렸다. 여자는 그가 걸친 창의 자락에서 풍기는 향냄새를 맡았다. 손을 뻗어 옷자락을 어루만지면 그 너머에서 숨이 꺼져가는 감촉이 느껴질 것만 같았다.

"어리석은 놈! 네 누이를 대신해 죽으러 온 이 여인을 보아라. 그래도 네 놈이 죄를 모르겠느냐? 세속에서 모든 바람은 기어이 별을 스치고야 마는 것을. 아무것도, 설령 바람 한 줄기라고 해도 홀로 몸을 솟구쳐 청정한 하늘 저편에 닿을 수는 없음을. 화경이여, 네가 선술을 익힌 자로서 정녕 모른단 말이더냐?"

"다른 이를 상하고자 함이 아니었습니다. 다만 누이의 목숨을 구하고자 하였을 뿐. 이 발원으로 하여 망가지느니 제 생애 정도일 줄 믿었나이다."

"고쳐 살고 다시 살기를 하마 누백 해거늘, 화경아.

화경아. 너는 어찌 아직도 그 인연 한 조각 놓지 못하느냐?"

화경은 고개를 떨어뜨렸다. 질끈 눈을 감았다가 비장하게 숨을 뱉으며 시선을 돌렸을 때, 주저앉은 여자와 눈이 마주쳤다. 여자는 숨을 삼켰다. 어지럽게 춤추던 그림자들이 수백 개로 수천 개로 나유타의 군상으로 변해 천지 사방의 어둠 속으로 흩어졌다가 전 생애를 거쳐 다시 돌아오는 양하였다. 한 점으로 모인 어둠이 남자의 눈 속에서 터져 나갔다. 빛이라곤 찾아볼 수 없는, 그믐날 천 리 밖 심연에서 홀로 잠들 달님 같은, 기이한 불꽃이 여자에게 보였다.

그가 말했다.

"스승이여, 하면 바꿀 수 없는 내일을 왜 보게 하셨습니까? 서글픈 죽음을 어찌 알게 하셨단 말입니까? 스승이여, 대인이여, 제자는 정녕 모르겠습니다. 그러면 이 모든 힘이 다 무엇입니까?"

소맷자락을 떨치자 청사초롱이 일제히 빛을 잃고 그의 소매 속으로 사라졌다. 초막도 사립도, 첩첩한 산등성이도 여명을 기다리는 지평선까지 모두 한 줄로 잦아들며 소매 속으로 소매 속으로 기어 들어왔다.

여자는 병풍 그림을 떠올렸다. 풍요로운 대저택과

72

아흔아홉 겹 산줄기로부터 기화요초 우거진 오솔길을 지나 한 줄로, 한 점으로, 끊어질 듯 이어지던 먹선을. 그때 물결치는 꼭 한 줄의 선은 지붕이고 대지이고 난간이면서도 물결이었다. 그리고 온 힘을 다해 끌어당겨 갓난애의 얼굴을 덮었던 낡은 이불. 그것이었다.

"항아리 속 수면에 뜬 달이 어찌 네 달이랴? 네 소맷자락이 부른 질풍에 잠시 지면에 적강한단들 내가 북신(北辰)이 아니더냐? 이지러진 수면은 이내 잦아들고 한 점 꽃이 열흘 붉지는 못하는 것을."

북신이셨구나.

여자는 겨우 생각했다. 길 잃은 아이는 헤매던 별님이셨나 보다. 포동포동한 손의 감촉도 온기도 신령에게 속한 것이었구나.

그녀는 북신이 하늘로 걸어 돌아가는 양을 멀거니 바라보았다. 화경은 스승을 향하지 않았다. 등을 돌린 채 그는 소매를 늘어뜨리고 서 있었다. 삼라한 만상을 품고도 소매는 텅 비었고 산은 그대로 산이어서, 여자는 쓸쓸하게 여겼다.

덧없구나.

그 말을 여자는 몰랐다.

부질없어라, 이 무상함이여.

그 역시 여자의 말이 아니었다.

"가엾구나."

제 목소리에 놀라 여자는 고개를 들었고 남자는 걸음을 옮겼다. 화경은 홀로 남은 여자에게 와 물었다.

"그대는 뉘십니까."

"나는 이름이 없시요."

"이름이 어찌 없습니까?"

"부르는 대로 답하니 이름이 없시요."

"빈도(貧道)는 화경이라 합니다."

"그야…… 나두 들어 알아요. 도사 나리시겠지."

자리를 털고 일어나 여자는 사립 밖으로 걸어가려 했다. 화경은 여자를 붙들지 않고 조용히 그 앞서갈 자리에 먼저 가 섰다. 소리도 없이 사람만 거기 원래 있었던 양 하여 여자는 놀랐다.

"어디로 가시렵니까?"

"그걸 내 어찌 알겠시요?"

"그러면 어디로 가고 싶으십니까?"

말문이 막혔다. 화경은 고쳐 물었다.

"무엇을 하고 싶으십니까?"

누가 붙들어 맨 것처럼 발이 천근만근 무거웠다. 오른발이 쓰라리더니 부들부들 떨리다 푹, 꺾였다. 여자는 고꾸라지듯 앉아 제 오른발에서 번져가는 핏빛을 내려다보았다. 마음이 고요했다.

"무슨 비원이 남아 예까지 오셨습니까?"

"모르겠시요."

가엾구나.

누구의 것도 아니어서 누구의 귀에도 들릴 그 목소리에 여자는 기대었다. 허공을 붙들고 허공에 발을 디뎌, 몸을 일으키니 화경은 어둠 가운데 달빛으로 길을 내 초막으로 그녀를 안내했다. 한 걸음 한 걸음 여자는 걸었고 좁디좁은 방 안으로 손을 뻗자, 그대로 깊은 잠에 빠져들었다.

한평생처럼 긴 잠에서 깨어나 여자는 아무런 그림자도 지나지 않는 천장 아래 누워 있었다. 가슴팍까지 곱게 덮인 이불에서 제 땀 냄새가 났다. 멀리 새 우는 소리, 마당을 쓸며 오가는 하인들 소리, 속닥거리는 대화 소리가 멀어졌다가 또 가까워지곤 했다. 그리고 제 숨소리. 곁에서 나는 어리고 가냘픈 목숨 소리. 살아 있는 것은 모두 소리를 내기에 여자는 와락 두려워졌더랬다.

그날.

팔에 안긴 무게가 목침 하나만도 못할 듯이 가벼운

데, 소선국 전체가 제 몸에 와 앉은 것처럼 버거워서 눈물이 흘렀던 날. 여자는 조심스럽게 팔을 움직였다. 고개를 돌려 차마 바라볼 수조차 없는 제 갓난아이가 거기에 있을 터였고, 곧 그녀는 이불을 끌어당겨 뜨지도 못한 눈을 영영 감길 것이었다.

— 왜 내일을 알게 하셨습니까?

구하지 못할 목숨이 가엾었다. 죄를 자처하는 제 어리석음이 무엇보다도 비천하였다.

"……가엾구나."

여자는 꾸물꾸물 이불을 제 눈 위로 끌어올려 두 손으로 움켜쥐고, 오랫동안 숨죽여 울었다. 칼날 아래 동강 나던 육신들이 생생하게 몸부림치고, 양 손바닥에 뜨겁게 잡혔다가 기어이 꺾여버린 몸이 튀어 오르고, 그리고 일평생 그녀의 두 눈을 들여다보러 올 터였다. 어째서 사람은 그 남루한 내일들을 알면서도 산단 말인가.

해가 중천에 뜬 후에야 일어나 바깥으로 나온 여자에게 화경은 아무 말도 하지 않았다. 다시 이름을 묻는 일도 없었고 이름을 새로 지어주지도 않았다. 여자는 화경의 가로 다문 입매에 천천히 번져가는 기이한 미소에서, 그의 누이가 죽었으리라 짐작했다. 하늘빛을 바꾸고 땅을 가르는 재주에도 처자 하나를 살게 하지는 못한 것이다.

"밥을 지어 올릴까?"

그녀가 묻자, 화경은 가만히 눈을 맞춰오다가 고개를 한 번 끄덕거렸다. 여자는 자기 집인 것처럼 들고나며 솥을 씻고 보리며 수수, 기장을 퍼다가 밥을 지었다. 짚과 삭정이를 가져다 연기가 풀풀 나는 아궁이를 들쑤시고 있자니 화경이 다가와 청사초롱 막대를 뚝 분질러 내놓고 갔다. 낯선 집인 탓인지 밥은 설익었다. 여자는 다음을 기약하며 그것을 찌그러진 그릇에 담아냈다. 두 사람은 좁은 방 안에 이마가 닿을 듯 붙어 앉아 말없이 밥을 먹고 물을 나눠 마셨다.

"빈도는 누이를 찾으러 떠나려 합니다. 그대는 어디로 가시렵니까?"

화경이 물었다.

여자는 빈 벽을 가리켰다. 아흔아홉 장 흰 종이를 겹겹이 발라놓은 벽이었다.

"병풍 그림을 본 적이 있시요. 그 길 끝에 훨훨 나는 거룻배가 놓였는데, 도사 나리가 괜찮다 하신다면 내가 그리로 갈까 싶소."

"돌아오시렵니까?"

"그야 낸들 어찌 압니까? 오라 하면 오고 가라 하면 가지. 도사 나리도 가고 싶어 가시니 나는 남고 싶어 남을라요."

"계십시오. 거기에. 계시면 모시지요."

화경은 여자가 가리키는 방향을 함께 가리켰다.

흰 벽.

아흔아홉 장 종이를 발라 세운 벽에, 용의 갈기로 된 아홉 자루 붓으로 그는 그림을 그렸다. 여자는 응천의 대저택에서 봤던 병풍 그림이 일시에 펼쳐지는 장관을 지켜보았다. 뻗어나가는 교목들, 뿌리를 깊게 내린 단애들. 산의 근심 깊은 주름들이 뒤엉키고 휘청거리고 기어이 내려앉아, 검은 선 하나로 눌어붙었다.

그리고 이윽고 공백.

강기슭에서 붓은 멈추고 무구한 피안(彼岸)이 남았다.

"가엾은 양반."

미련이 없으면 거짓인지라 그녀는 뒤를 돌아 남을 사람을 바라보고는 천천히 그림 속으로 발을 디뎠다.

나아갔다.

차마 봄 아니거니와 꽃 피고 새 우는 세간을 등지고, 간신히 숨을 쉬던 갓난애의 그 무게로 피를 뚝뚝 떨어뜨리며 여자는 걸었다. 한 발, 또 한 발. 천진한 빛이 그

78

녀를 감쌌다. 칼날이 내려앉는 속도로. 뜨끈한 내장을 끄집어낼 때의 온도로. 부를 수 없는 이름을 속삭이며 여자의 몸이 광막한 하늘 속으로 침전하자, 한 점 붉은 꽃이 그림 위에 툭 찍혔다.

가엾구나.

화경 선생은 배례하고 일어나 한참 동안 그림을 바라보았다. 그리고 해가 지자 그림을 떼어내 둘둘 말아 소매에 감추고는 세 갑자를 살아온 초막을 버렸다.

✳

훗날 사람들이 신유림의 여우 신령을 화경 선생이 해친 탓에 청경호가 말라붙었다고 떠들었다. 항성 어느 주가(酒家)에서는 그가 족자를 하나 펼치자 백 리 밖에서도 향기로운 술 냄새를 맡을 수 있었다고 하는데, 이 또한 여우구슬이 부린 재주라는 것이다. 어느 명망 높은 호 선생의 몇 대 손이라는 거부가 상금을 내걸자 청경호 인근 백성들이 모두 일어나 창칼을 들고 화경 선생의 초막을 찾았더니, 사람 살던 흔적은 없고 명자나무꽃만 만발하더라고도 했다.

그러나 대륜국에서는 다른 풍문이 떠돈다. 어느 젊은 도사가 어린 계집애들을 꾀어낼 적에, 그가 부르는 낯선 이름에 응답할라치면 그만 족자 속으로 혼이 달아나 단박에 껍질만 남는다는 이야기였다. 듣던 이가 신기한 이야기에 홀려 그 젊은 도사 이름이 무엇이고 부르는 낯선 이름은 대관절 무어더냐고 하면, 청중 가운데 있는 줄도 몰랐던 자가 대신 답하기를.

"봄(春)"

이라 하였다.

차마 어디에도 봄 아니었거니와 바람 불어 꽃 지면 사무쳐 그립더라고.

제2부 천지에 사무치도록

窮天極地

대국이란 과연 달라서, 사해구천을 아울러 인재를 구름처럼 몰아가지고는 그중에서도 잘난 놈을 몇몇 가려 등용한다. 다섯 해에 한 번 대과를 치르는데 황궁 처마나 구경하고 콧바람만 쐰 채 빈손으로 돌아가는 낙방거사가 성을 이룰 지경으로 흔했다.

그중 남서쪽 완주 출신인 척생이란 젊은이가 있었다.

완주에선 제법 난다 긴다 어깨 힘 좀 쓰는 김에 언감생심 용문을 꿈꾸었는데, 보기 좋게 떨어졌다. 꿈이야 용이야 봉이야 거창했다지만 별도리 없이 짐을 꾸렸는데, 석 달하고도 스무 날 걸려 올라온 길을 도로 되짚어가다가 그만 박석산 아래에서 병이 나고 말았다. 창

피한 마음이 잘못 꾼 꿈에 덧난 탓이었으리라. 집에서 딸려 보낸 삼생이란 종자가 들고 나며 구완을 하여 척생은 나흘 만에 운신을 하게 됐는데 몸이 낫고 보니 젊은 몸이 근질근질, 가만 누워 있질 못하겠는 거라.

노느니 어디 토끼라도 한 마리 잡아 유세를 부려볼까 하여, 척생은 주모에게 물어 활과 활통을 마련해 박석산에 올랐다. 주막 사람들은 탐탁하지 않은 얼굴로 해가 지거들랑 냉큼 내려오라고 당부를 하였으나 으레 젊은이가 그러듯 척생도 귓등으로 들어 넘겼다.

초겨울 산중의 해는 일찍 기울었다. 우듬지 위로 하늘이 붉어진 후부터 삼생이는 마음이 혼자 급했다. 척생은 산천 유람 나선 어사 나리라도 된 양 갈지자로 느긋하게 거닐었다.

한데 이 박석산이란 곳이 오르기 전에는 여상한 산인 줄 알았더니 발을 들이고 보니 묘한 곳이었다. 시커멓게 들어선 나무들이 잡스러운 무리를 막아선 병사들 같고 좁다란 길은 길로 연이어 도통 방향을 잡을 수가 없었던 것이다. 척생과 삼생이는 무릎에 차이는 수풀까지 거멓게 물들 즈음 아주 길을 잃고 말았다.

"서방님, 이거 기분이 영 안 좋습니다요. 개울을 따

라 내려가보시렵니까?"

척생은 다른 데 정신이 팔렸다.

"가만있어라. 쉿, 저기 희끗희끗한 것이 노루 아니겠느냐."

활을 꼬나 쥐고 숲을 향해 걷던 척생은 이내 뛰었다. 밤나무 등걸 너머로 잡힐 듯 말듯 깡충거리던 짐승이 이쪽을 휙 돌아보았나 싶을 때, 척생은 시위에 먹인 살을 날려 보냈다. 길고 날카로운 것이 바람을 가르고 날아가 둔탁하게 가죽을 꿰는 소리가 났다.

잡았다!

희열에 차 외쳤지만 이게 웬걸, 노루인 줄 알았던 짐승은 허연 여우가 아닌가. 척생은 홀린 심정이었다. 엎친 데 덮친다고, 그나마 여우 놈은 약을 올리듯 캥, 한 번 짖더니 요리조리 산을 타고 사라지지 않는가. 그는 놀란 가슴을 쓸어내리며 한껏 호기를 부렸다

"야, 이놈아! 삼생아, 쫓아가자! 여기서 물러설 계제가 아니다."

삼생이가 거기 있을 턱이 만무했다. 짐승 꽁무니에 정신이 팔린 사이 종자와는 멀어진 지 오래였다. 척생은 땀과 흥분이 식어 가면서 일시에 등판을 덮치는 한기에 멀거니 서 있었다.

"삼생아!"

척생은 하나 남은 화살을 시위에 먹여 여우가 사라진 쪽으로 탁 놓아 보냈다. 화살은 비실비실 날아가더니 빼곡 들어찬 나무들 사이를 용케도 비집고 흙구덩이에 떨어졌다.

"어이구, 겨울바람이라도 꿰시려고요?"

쓱 나선 것은 산중에 걸맞지 않게 허연 도포를 걸친 사내였다. 척생은 그래도 사람을 만나니 반가운 마음에 다가가 인사를 건넸다. 사내는 자신을 담 아무개라고 소개했다.

"노루인 줄 알고 쫓아왔는데 여우였지 뭡니까."

"바람이 아니라 노루를 잡으시려는 거였구먼. 이그, 멀쩡한 양반이 웬 사냥이요?"

"구들을 지고 노느니 소일거리나 할까 싶었소이다."

그 말에 담생은 고개를 절레절레 저었다.

"아니 맞은 걸 천행으로 아시고 관두시오. 척 형. 그게 다 죄를 짓는 길이오. 업을 쌓는 거라 이 말씀이외다."

"담 동생은 어디 곡기 끊고 수행하는 분인가? 고깃점은 그래 입에 아니 대시오?"

"그런 것이 아니라……. 이 일대가 아주 요기가 드글드글하니 드리는 말씀이다. 여기 원래 덕 높은 신

선이 무슨 무슨 사를 짓고 기거하였는데, 사하촌에 호
탕하고 사냥도 잘하는 부자 한 분 계셨다지."

담생은 묻지도 않았는데 자연스럽게 이야기를 이어
갔다.

"그 부자가 이 산에서 안 잡아본 건 신선 나리하고
저쪽 너럭바위밖에 없다고들 그랬다오. 더군다나 여우
사냥에는 일가견이 있던 양반인데, 신선이 나서서 그
만두라 일러도 듣질 않았지요. 십 년을 하루같이 박석
산 짐승들을 꿰맞추다가……. 꼭 이런 겨울이었을 거
외다. 사방으로 눈이 푹푹 나릴랑 말랑 하던 어느 날
이었지요. 이 양반이 멋들어지게 활을 한 번 탁 쏘아
잡아놓구 보니깐 그게 여우가 아니라 담비 털옷을 입
은 세 살배기 어린애예요. 늦게 본 아들이었다지. 솜씨
가 하도 좋아 깩소리도 못 내고 절명했더랍니다. 이 양
반도 그 길로 넋이 나가선 아무렇게나 쏘고 잡고 울고
하다가 죽었다는데. 이 동네 귀물들이 하는 짓이 매양
그렇답디다."

척생은 담생을 따라 걷기 시작했다. 당연히 촌락으
로 내려갈 줄 알고 묻지도 않았다. 담생은 빨랐다. 몸
이 하도 가벼워서 아까 도망치던 여우가 차라리 사람
같을 지경이었다. 활이며 화살통을 줄줄이 매달고 겹

겹이 여우 털로 속을 누빈 옷까지 껴입은 척생으로서는 따라갈 수 없어, 그는 곧 헐떡이며 애걸했다.

"아이고! 그 하던 이야기나 더 들어 봅시다그려."

담생은 벌써 지쳤냐며 조금 실망하는 눈치더니 선선하게 바위에 마주 앉아 말을 이었다.

"박석산 신선 나리가 왜 그리 유명한지 아십니까? 그이가 본디는 호(狐) 씨라고 해서 그렇습니다. 덕을 쌓았다고는 해도 구름을 타진 못하고 홍진에 묶여 살았던 걸 보면 뭐 깊은 인연이라도 남아 계셨던 게지."

"호 씨요? 담 동생, 그럼 그 신선…… 박석산 신령이 여우 씨였다고?"

척생이 놀라 되물었다. 여우가 둔갑을 한다면야 그게 요물이지 무슨 신선이냐고 중얼거리면서.

"놀랄 만도 하지요. 보통은 여우를 신령으로는 아니 모시니까요."

"그렇지."

"이 동네라고 유별하여 호 씨를 신령 삼은 건 아니고, 다 그럴 만한 연유가 있어서 그런 건데요. 그 호 씨가 어쩌다 박석산 같은 데에 흘러들어 암자를 지어 앉았는가는 모릅니다. 그도 그럴 것이, 사람이란 쉬이 죽죠. 호 씨한테 이야기를 구구절절 들은 인간 중에는 아무도 이제까지 살지 못했다 이겁니다."

"그러면?"

"그러면, 이제, 이야기가 그렇게 되죠. 그 호 씨는 저쪽 신유림이 남았던 시절, 그러니까 여우를 신령으로 모시던 시절부터 박석산에 드나들었다고요."

"그게, 그러면……."

척생이 까마득한 숫자를 헤아렸다. 담생은 이야기에 맛이 들기를 기다리듯이 잠깐 뜸을 들이다가 앞장서 답을 냈다.

"신유림이 있던 시절이면 한 천 년 전이죠. 그이가 글쎄, 천 년 된 호 씨라는 겁니다."

"천 년!"

"네, 천 년. 귀물도 천 년 사는 건 아니 흔합니다. 백 년이면 벌써 대단한데 천 년은요. 무엇이 그만큼 갈까요. 나라도 아니고 산도 들도 아니지. 허면…… 원한?"

담생은 재미있다는 듯 눈을 가느다랗게 뜨며 씩 웃었다. 허연 얼굴에 허연 도포 자락이 허공에 둥둥 떠오르는 것 같았다. 척생은 땀이 다 식자 그만 몸을 일으켰다. 담생도 따라 일어서선 또 자연스럽게 걸음을 옮겼다.

"소선국 옆에 영명왕이 다스리는 작은 나라가 섰다

가 사라지는 데도 천 년은 안 걸렸지요. 척 형, 뭐가 천 년쯤 가겠습니까! 이름이거나 혹은……."

담생이 훌쩍 몸을 날려 수풀을 헤치더니 사람도 짐승도 지난 흔적이 없는, 아주 오래된 길을 찾아냈다. 척생은 덩굴과 이끼에 뒤덮인 가마의 흔적을 겨우 알아보았다.

"호 씨, 그러니까 호선(狐仙)이라고 해드립시다. 여하간에 그 양반이 일찍이 두 제자를 두었다 합니다. 하나가 청경호 일대에서 이름을 날린 화경 선생이요, 다른 하나가 영명국 어느 호걸의 청원을 받아 그 장수 노릇을 했던 검선(劍仙) 녹주 신녀라. 녹주 신녀가 전장에서 업을 쌓아 산을 영영 등질 때 스승을 만나 귀한 여우구슬을 훔쳤다더군요. 호선은 신녀를 쫓지 않았으나 화경 선생은 훗날 그 여우구슬을 꼭 필요로 하여 사저를 찾아 하산하였는데, 어디 있는지 알고도 만날 수는 없었답니다."

왜냐고 묻길 바라는 것 같은 말 맺음인지라 척생은 담생에게 친절히 물어주었다.

"왜요? 벌써 무간나락에라도 떨어졌더오?"

"나락이라면야 그것도 훌륭한 나락이지요. 다만 아래가 아니라 이 위랍니다."

담생이 머리꼭지 위를 가리켜 보였다.

"녹주는 그예 제궐(帝闕)에 들어 영명왕의 중전마마가 되어 계셨거든요. 신선이니 요괴니 하면 홍진과는 아주 다른 세계일성 싶으시겠지만, 성과 속과 귀와 생이 다 제각기는 아니랍디다. 천 년 수행한 신선이나 그 애제자라도 제궐을 들쑤시긴 껄끄러웠던지 아무 말 않았다지요."

"거, 짐승도 성총을 안다는 말이 그래서 나왔는가 봅니다그려."

"뭐 그런가 봅니다."

담생은 어째 심드렁하게 답하고는 바로 제 할 말을 이어갔다.

"짐승이 성총을 천 번 안다 한들 결국 비석을 세우고 봉분을 꾸미는 건 인간이나 하는 일이지요. 여러 해 전에 영명국이 망해 없어졌어도 무덤은 있으니 소생이 거기 술 한 잔 부으러 가던 길입니다."

그러고 보니 산세는 더욱 험해졌고 나무들은 우거졌으며 물소리는 멀었다. 척생은 완연히 어두워진 사위를 둘러보았다. 언제 이리 깊은 산중에 들었누. 담생 이야기에 귀만 맡긴 게 아니라 숫제 갈 길을 다 넘긴 꼴이었구나.

"누구 무덤인데 동생이 술을 다 붓소이까?"

척생이 물었다.

"그게 또 이야기가 한참 깁니다. 언짢지 않으시면 가는 길에 들려드리지요."

"뭐 그럽시다. 이왕 여기까지 같이 왔으니."

담생의 이야기는 이러했다.

*

곤전이 된 녹주에게는 아들이 없었다.

진즉에 몸 약한 공주를 하나 낳았으나, 영명왕은 후계자로 계집을 세울 수 없다며 핑계를 대어 아이를 별궁에 내쳤다. 스승 슬하를 떠났던 녹주가 박석산으로 돌아와 여우구슬을 훔친 것도 그때였다.

"구슬로 공주를 왕자로 바꾸려 했을까요?"

산 범이니 멧돼지니 하는 무리가 어설프게 술법을 익혀 노닥거리며, 저잣거리 풍문을 저마다 씹고 뱉었다.

— 구슬로 왕의 마음을 돌리려 했다지.

— 줄줄이 늘어서 상소를 올리는 학사 나부랭이들을 쳐 죽였다던 걸요.

— 겨우 학사 따위를 쳐 죽이는 데 여우구슬까지 필요할 게 무어람.

— 아무렴! 검선이셨는데.

— 녹주 신녀가 여우구슬을 쥐었으니 아마 소선국 접경에 비바람을 몰고 와 성을 몇 채쯤 무너뜨렸을 거다.

— 전공을 세우면 왕이 어여삐 돌아볼 줄 알고?

그럴 때 성가시다는 양 깃기바람 한 줄기로 잡다한 소리를 휙 하니 떨쳐버린 것이 화경이었다. 먼 뒷날의 그와는 같은 인물로 아니 보일 만큼이나 당시의 그는 무던한 성품이었다. 때때로 사하촌을 거닐었고 눈 덮인 박석산을 발자국 없이 앞장서 걸었으며 이웃 촌락으로 나들이도 잘 나섰다. 선적에 발 들인 치들이 다 그렇듯 변덕스럽기 이를 데 없었지만 그런대로 세간의 목소리에 귀를 기울였고 꽤나 다정하였다. 자연히 박석산 일대에는 그에게 애걸하여 목숨을 건진 백성이 많았다.

호선은 화경의 바로 그런 점을 염려하였다.

"다정도 병이라지 않더냐."

수행을 나설 때 무릇 옛사람은 부모마저 저버리고 젖먹이를 남에게 주어버린다 했다. 화경은 스승의 그 말을 웃어넘겼다.

"화경아. 정 두터워 제가 앓다 무력하여 절망하는 거야 타고난 운수라지만, 괜한 신기묘산을 틀어쥔 놈이 사방을 눈여겨보다 보면 탈이 나도 크게 나고 말지."

그러나 원체 제자라는 생물은 스승 말을 안 듣는 법이었다.

화경은 녹주를 두고 떠드는 소리들을 옷깃과 부채로 흩어버리면서도 끝내 호기심을 누르지 못했다. 풍문은 향과도 같아 흩는 사람에게 스미는 법이었다. 궁궐로 손쉽게 날아든 그의 눈 앞에 단청 칠한 처마가 끝도 없이 펼쳐졌다. 시립한 그 처마 아래 회랑의 그림자가 꼭 박석산 기슭의 삼나무 숲 같았다.

화경은 기둥과 기둥 사이를 한 번도 스치지 않고 지붕 위를 날았다. 구중궁궐 화려한 불빛 속에 하얀 휘장이 매달린 중궁전 창가를 기웃거리자, 산호와 호박으로 단장한 여인이 이쪽을 돌아보았다.

"괘씸하구나. 경아는 누님을 뵈러 오면서 어찌 빈손으로 걸음 한단 말이냐?"

수십 개의 남옥으로 만든 목걸이와 주먹만 한 호박이 달린 노리개는 반쯤 선인인 화경조차 눈이 부실 지경으로 거창했으나, 그 모든 것에 휘감긴 여자는 연약해 보이기만 했다.

"귀한 여우구슬을 품고 인간 여인네 정점에 오르셨으니 사저께 더 무엇이 필요한가요?"

녹주는 화경을 창 너머로 빤히 쳐다보았다. 화경은

방 안의 싸늘한 기운을 감지했다. 아마 그녀의 반려는 오래 이 아름다운 방을 찾지 않았으리라. 녹주는 변명하듯 중얼거렸다.

"나라를 만들어 바치고 얻은 관이란다. 지아비를 가지려던 게 아니었다."

"스승 문하를 떠날 적에 잠깐 다녀오마 하신 말씀 귀에 선합니다."

"한 번 홍진에 발을 들이면 때가 묻어 두 번 등선은 못 하느니. 경아는 세간에 마음 두지 말고 수행하여 스승을 기껍게 해드려라."

큰소리를 쳐도 녹주의 얼굴에는 피로가 가득했다. 화경은 오래전 그녀의 검무를 보았던 것이 오히려 꿈만 같았다.

그때 그녀는 작은 직박구리 같고 새매 같았다. 하늘을 가로지르는 칼날에 시선도 마음도 혼도 함께 자유로웠다.

화경은 저도 모르게 정이 동하여 말했다.

"청원이 있거든 오십시오."

"만인이 내 발아래거늘 초막의 어린 동생에게 신세 질 일이야 있겠니."

그러나 있었다.

화경은 그녀를 한순간 동정하여 꺼낸 말이 결국 자신을 옭아매리라는 사실을 직감했다. 녹주의 싸늘한 눈동자 안에서 불꽃이 튀어 올랐다.

그녀는 식어버린 금침을 돌아보았다.

그녀를 호선의 슬하에서 끌어낸 남자, 그녀의 반려인 영명왕 진강은 백여 남은 날째 곁을 비웠다.

그는 태선궁으로 불리는 여자와 함께 누워 있을 터였다.

백여 남은 날 내내 그러했듯이.

녹주가 딸을 낳고 중궁에 누워 있을 적이었다. 갓난애를 딸이라는 이유로 내쳐버린 지아비를 원망할 힘도 없이, 제 몸 건사도 못해 드러누운 녹주를 버려둔 채 영명왕 진강은 벼슬아치들의 잔치 자리를 돌아다녔다. 그중 한 사내가 그에게 의탁한 어린 아씨라며, 규씨 여자를 불러 선보였다. 녹주가 무너뜨린 성에서 금이야 옥이야 자란 아씨인데 이제는 의지가지없어 골방에 죽은 듯 숨어 지낸다 했다. 왕은 그녀를 가엾게 여겼다.

"미안하지 않으냐."

왕은 여자를 데리고 와 녹주에게 말했다.

"그대가 이 아이의 일가를 흩어버렸다. 안타까운 일

96

이 아니냐. 딱하다. 가련하다. 슬프다."

녹주 자신을 탓하는 듯한 어조였다. 딸을 낳고 상처가 채 아물지 않아 앉기도 버거웠건만, 녹주는 한때 검을 쥐었던 손을 가지런히 치맛자락 위에 올리고 공손히 절을 올렸다.

"그저 뜻하신 대로 하소서."

규씨 여자는 태선궁이라는 이름을 받았는데 명주실 같은 머리 타래를 소녀처럼 늘어뜨리고 얌전히 그늘진 데 앉아 고개만 갸웃거리는 여자였다. 연못에서 뻐끔거리는 붕어처럼 조용했고 녹주의 그림자에만 스쳐도 부스러져 죽을 듯이 연약하게 굴었다. 녹주는 자신과 통 부딪히는 일 없는 태선을 어떻게 대해야 할지 몰랐다.

경대에 올린 옥빗은 아니었다.

꺾어다 꽂은 모란도 아니었고, 사창에 드리운 구슬로 된 발은 더더욱 아니었다.

무심히 거들떠보랴, 잠시 잠깐 피어난 것을 아쉽게 여기랴, 걷어 올려 밖을 내다보랴.

이럴 수도 저럴 수도 없었다.

녹주는 자기 방 문갑 위에 장식해두었던 검을 치워 버렸다.

태선이 와서 차를 끓여 올리며,

"전하께서 두려워하시지 않을까요?"

하고 말했기 때문이었다.

"전하께서 그러던가요."

"그저 소첩의 소견입니다. 거슬리셨다면 송구합니다."

"자네 말씀이면 자네 뜻이라 하시지요. 자네 위해 내 기꺼이 치워드릴 텐데."

"저 같은 것에게 어찌 그러십니까. 천만부당하신 말씀."

"자네 뜻이 하찮다고 누가 그러던가요? 주상전하의 뜻을 참칭함은 황감하지 않으시고요?"

"무서운 말씀에 소첩의 가슴이 섬뜩합니다."

말을 채 맺지 않고 물러앉는 비단 치마를.

제 이름을 대지 않고 슴슴한 차 맛에 숨어 훅 끼쳐 들듯 들이미는 목소리들을.

녹주는 태선을 그저 방 안에 때 되면 드리우는 그림자 보듯 하는 수밖에 없었다.

녹주는 그녀를 좋아하지 않았다. 아니, 실상 따지고 보면 대부분의 인간을 그리 좋아하지 않았던 듯싶었다.

태선은 반달 눈웃음을 지으며 온갖 아름다운 것들을 가져다 녹주에게 올리다가도, 때로는 며칠간이나 모른 척 피해 다니기도 했다.

아무려나, 왕은 내내 태선의 방에 머물렀다.

문갑 위에 검이 없어도 그는 녹주를 찾지 않았다.

녹주는 검을 다시 꺼내놓지는 못했다. 눈을 감고 뜰적마다 깊이 간직해놓은 검을 떠올리면서도 그것을 제 손으로 다시 꺼내기 어려웠다.

신하들은 시끄럽게 굴었다.

그들은 녹주를 지고한 어미 취급하며 태선을 모욕했다. 왕은 그 말들이 자기 왕국을 비난하기라도 한양 불쾌해하며 고개를 돌렸다. 조정에 나란히 앉은 녹주와 눈이 마주칠 때 그녀에게는 면류관의 구슬들이 거대한 폭포처럼 보였다.

'저치들은 나를 사랑하여 저러는 것이 아니다. 순리가 무엇인지 진정 알아 저러는 것도 아니다. 그러면 저들이 무엇을 바라 나를 감싸는가?'

검을 들면 바람같이 거리낌 없던 선녀도 빈손으로는 매양 황망했다.

그즈음 태선이 아이를 가졌다.

녹주는 그녀를 만나러 가 적당히 좋은 말을 늘어놓았다. 예의 바르게 녹주의 말을 듣던 태선이 사랑스러운 눈웃음을 지으며 문득 손을 뻗었다. 녹주의 손목을 답삭 잡고, 태선이 속삭였다.

"마마. 제가 아무리 날고 기어도 그저 첩실일 뿐이 랍니다. 염려 마시어요."

무슨 뜻으로 저리 말하나 싶어 녹주는 얼굴을 찡 그렸다.

"마마께서 원하시면 제 아이를 마마 아이로 기르 세요."

"자네 아이는 자네가 기르시지요."

"어머나. 공주라면 그리해야지요."

왕자라면 왜 녹주 몫이란 말인가?

그리 물을 만큼 어리석지는 않아, 녹주는 방으로 물러났다.

싫은 마음을 품었다.

사람이 사람을 싫어하는 거야 대단한 일도 아니다. 선술을 익혀 바람과 구름을 끌고 다니던 녹주 신녀는 수십 겹 비단을 걸치고 아홉 겹 지붕 아래 무료하였 다. 그녀는 명쾌하게 검을 들어 목숨을 거두고 그 피 의 값을 스스로 뒤집어쓰던 시절을 그리워했다. 죄를 짓고, 그 죄 때문에 등선하지 못할 것을 명확히 알던 시절. 기꺼이 그리 행하던 시절.

그녀는 물고기를 친 병풍을 치우고 자개장 안에 든 검을 꺼내 쓰다듬었다. 호선의 꼬리털이 섞인 끈목은 그새 썩어버렸다. 선인의 터럭도 지상에 속하면 상하는구나. 녹주는 검을 도로 집어넣었다.

그것이 다였다.

맹세코 그뿐인데 태선의 아이가 죽어 태어났다.

사람을 미워하는 마음 하나로 사람이 상하지는 않는다. 증오도 정념도 세계를 무너뜨릴 만큼 강렬하나 행하지 않으면 자기 자신만 물어뜯고 나락으로 간다.

— 태선의 아이는 죽었고, 그건 사내애였다고 했다.

어느 궁녀인가가 왕에게 달려가, 녹주가 방에서 검을 꺼내 들여다보더라고 고자질했다. 왕은 오랜만에 녹주를 찾아와 왜 가엾은 사람을 괴롭히느냐고, 선인의 법도가 그러하더냐고, 힐난하며 술잔을 집어 던졌다. 녹주는 등지고 앉은 병풍에 친 물고기와, 무르익은 포도송이와, 그 뒤편에 얌전히 모셔둔 검을 떠올렸다. 녹주는 운룡이 수놓인 원삼을 벗어 던지고 옥돌이 매달린 허리띠를 풀어 헤치면, 당장이라도 지면을 박차고 저 막막한 지붕 위로 날아오를 수 있을까 생각해보았다. 거창한 대란치마 같은 건 없어도 좋을 터였다. 속곳 한 장이면 훌쩍 뛰어 한달음에 이 구중궁궐을 벗어나, 다시는 구름 아래로 고개를 내밀지 않으리라.

"갓난아이를 어미의 배 속에서 죽어 태어나게 하다

니, 제게 그런 재주가 있겠습니까? 제 스승께서도 능히 이루지 못하실 경지입니다."

참다못해 부드럽게 변명해보았지만 영명왕의 귀에는 가 닿을 턱이 없었다. 그는 실컷 화를 내고는 술에 전 옷자락을 질질 끌며 돌아갔다. 녹주는 수십 겹 비단에 감싸인 채로 고스란히 드러누웠다. 고치에 겹겹이 갇힌 애벌레가 된 기분이었다.

녹주는 왕의 성화에 못 이겨 태선을 위문하러 갔다. 아이를 잃은 후 자리에 누운 태선은 왕이 온갖 좋은 것을 구해주어도 통 입에 대지 않고 시름시름 앓았다. 원체 가련하여 작약 한 송이 같던 여자였다. 녹주의 눈에도 침상에 누운 태선은 손만 대도 부스러질 듯 애처로웠다.

"떨치고 일어나셔야지요."

한마디 던지자 태선은 부은 눈으로 눈물을 쏟았다.

"가버린 아기씨는 돌아오지 않습니다. 소첩에게 어찌 그리 잔인하시어요?"

"그러면 산 사람에게 죽으라 할까요? 저는 자네를 위로하는 말을 할 줄 모릅니다. 그대로 아이 뒤를 쫓지 말고 살아 몸을 돌보라 말씀드릴 뿐이지요."

"그래요, 선녀님께는 온갖 인간사가 우습게 보이시

겠지요. 나라가 망하고 부모가 죽어 쓰러지고 적에게 몸을 의탁하여 겨우 목숨을 부지하는 소첩이 경멸스러우시겠지요. 그러나 소첩은 적어도 인간이랍니다. 어미란 말입니다. 아이가 죽었는데…… 소첩의 탓으로 그리 가엾게 가버렸는데…….”

“아이가 죽은 것이 어찌 자네 탓이 됩니까?”

“소첩이 어리석어 높은 전의 심기를 어지럽힌 탓에 어린 것이 가버렸으니 소첩의 탓일 수밖에요.”

태선은 흐느껴 울었다. 서럽게 오르내리는 그 어깨를 내려다보다 녹주는 자리를 떴다. 태선은 과연 날로 쇠약해져 갔고 녹주는 박석산에서 신선 흉내를 낼 적에 두루 부리던 족속들을 다시 불러다 갖은 약을 마련해 태선궁으로 보냈다. 줄지어 간 찬합이며 환약 꾸러미들은 고스란히 되돌아왔다.

한 쌍의 물고기가 노니는 병풍을 등지고 녹주는 홀로 밤을 지새웠다.

이윽고 다시 봄이 돌아왔을 때, 태선은 원하던 대로 재차 회임하였다.

녹주는 기름이 다 떨어져가는 호롱불처럼 연약하던 태선의 자태를 떠올리며 과연 그런 몸으로도 아이를 가지게 되는구나, 하고 감탄인지 탄식인지 모를 혼잣말을 했다.

경사가 닥쳐도 궁궐은 내내 을씨년스러웠다. 태선의 몸이 지나치게 쇠한 탓에, 아이를 겨우 낳고 나면 목숨을 부지하기 어려우리라고 의원들이 고한 덕분이었다. 영명왕 진강은 여자 하나를 위해 버선발로 뛰어다니며 보란 듯이 울부짖었다. 녹주는 그의 막하에서 나라 하나를 세우기 위해 목숨을 잃었던 사람들을 겹쳐 보았다. 궁궐의 붉은 기둥들이 전장에서 피로 뿌리를 적시던 나무들 같고 뽀얀 층계는 들판에 나뒹굴던 해골 같은데 그 속에 남은 인간은 다만 여자 하나를 위해서만 울었다.

녹주는 병풍을 접고 문갑을 열어 검을 꺼냈다.

금사 은사를 엮어 짠 비단으로 매듭을 지어 검을 둘둘 말고는 영명국의 여주인답게 거창한 복식을 갖추어 입었다.

검을 지니고 태선궁으로 들이닥치니 궁녀들이 사방으로 흩어지며 전쟁이라도 터진 듯 부산을 떨었고 호위병들은 누구를 상대로 고개를 숙여야 할지 몰라 저희끼리 뒤엉켰다. 녹주는 홑겹 옷과 한 자루 검만 가지고 온 무림을 호령하던, 머지않은 소녀 시절처럼 당당하게 문을 열어젖혔다.

"그만 아이를 포기하시지요. 태선궁, 내가 굳이 자네를 살려야겠습니다."

태선은 바짝 마른 나뭇가지 같은 두 팔과 다리를 버둥거리며 날카롭게 비명을 질렀다. 거죽만 남은 뺨 위로 두 눈만 퉁방울처럼 커다랬다. 눈물조차 배 속의 아이가 집어삼켰는지 태선은 차마 울지도 못했다. 녹주는 검집에 든 채로 검을 들이밀었다.

"자네를 죽게 둘 수가 없습니다."

"소첩의 부질없는 목숨이 꺼지고 수자(樹子) 저하를 남긴다면 기꺼이 그러겠습니다."

"자네, 살아남지 못하네. 왜 그리 어리석은 선택을 하는가?"

말없이 검 아래 둥그런 눈을 치켜뜬 태선이, 그 파리한 입술을 열어 벙싯 웃었다. 그러고는 손을 들어 비단 끈에 둘둘 말린 검집을 잡아당겼다. 제왕의 색이라는 황금빛이 벗겨지자 녹으로 뒤덮인 검신이 드러났다. 피딱지 같은 붉은빛이 점점이 번져나가 그에 아무것도 비치지 않았다.

"소첩은 어미이기에……."

녹주는 태어난 지 얼마 되지도 않아 별궁에 내던져

진 어린 딸을 떠올렸다. 녹슨 검 끝이 흔들렸다.

태선궁이 아이를 낳고 죽겠다 선언한 후 얼마 되지 않아 영명왕 역시 원인 모를 병으로 자리에 누웠다. 녹주는 탕약을 들고 친히 왕의 침소에 들었다. 그리 애달파 어쩔 줄 모르는 남녀가 각기 다른 전각에 누워 죽어가고 있다는 것이 기이하였다. 녹주는 아무 표정 없이 왕의 곁에 앉았다.

"짐은 죽을 거야."

"옥체를 진중하셔야지요."

"그러면 살겠는가?"

"인명은 하늘에 달린 것. 제가 어찌 알겠습니까?"

"녹주 신녀께서도 모르는 게 다 있으셨군."

왕은 성가시다는 듯 돌아누우려 했지만 힘에 부쳐 않는 소리를 냈다. 녹주는 손을 뻗어 그의 자세를 고쳐주었다. 왕은 진저리를 쳤다.

'언제부터, 왜, 이 사람이 이리도 나를 미워했을까?'

의문은 피어올랐다가 물 위에 떨어뜨린 기름처럼 그저 그 자리에 남았다. 녹주는 시중을 드는 궁녀들이 바삐 오가는 것을 멍하니 바라보았다. 왕의 병은 깊었고 의원들은 줄줄이 목을 내놓았지만 결코 고칠 수 있다고 장담하지 못했다. 매사가 허망하였다.

영명왕이 말했다.

"짐은 죽어 태선궁과 함께 묻힐 걸세."

중전이 아니라 후궁과 능을 나누겠다니 어불성설이었지만 녹주는 별로 놀라지 않았다.

"그저 뜻하신 대로 하소서."

왕은 검고 큰 눈으로 그녀를 올려다보았다.

"그대는 혼자 살아 좋은 시절을 실컷 누리시게."

무어라 답해야 할지 몰라 녹주는 깊이 읍하였다. 왕은 몇 번이고 태선과 묻히겠다며 다짐인지 고집인지 모를 말을 늘어놓았다. 물러 나온 녹주는 반대하는 신하들을 설득해 왕의 뜻대로 능을 마련하라 일렀다. 태선이 낳을 아이가 아들이라면 아마 세자의 어미라는 이유를 들어 다들 순순히 태선궁을 받아들일 터였다.

시간은 흘렀고, 태선궁은 과연 사내애를 낳았다.

기진맥진한 그 연약한 모체는 몇 날 며칠이나 피를 쏟으며 펄펄 끓더니 꼭 이레 되던 날 숨을 거두었다. 녹주는 태어나자마자 어머니 대신 궁녀의 젖을 빨며 버둥버둥 살아남은 어린애를 단속하고 죽어가는 태선 곁을 지켰다. 해야 할 일을 마친 그녀는 아직 앓고 있는 왕의 침전 대신 드넓은 궁궐 한가운데 서서 보름달

아래 서 있었다.

길고 흰 구름이 승무를 추는 여자들의 소맷자락처럼 달을 감쌌다.

하늘은 꼭 연하게 간 송연묵처럼 푸르스름했고 녹주의 눈에만 별 사이를 유영하는 온갖 수상한 짐승들이 보였다. 등선하거나 추락하거나 타락하거나 혹은 단념하여 성좌에 채 닿지 못하는, 가뭇없는 무리들이 때때로 날카로운 비명을 질렀다.

사방에 비꽃이 피었다.

비명 소리는 그치지 않고, 녹주는 하늘로부터 눈을 거두었다.

태선은 죽었다.

어린 아들을 남기고 그녀는 죽어버렸다.

왕이 공언한 대로 태선은 새로 꾸린 왕가의 능에 잠들었다. 긴 장례 기간 동안 왕은 휘청거릴지언정 무사히 낮과 밤을 넘겼다. 그는 머지않은 제 죽음을 예감하면서도 약간의 고양감을 즐기고 있는 것처럼 보였다.

"짐은 태선궁과 묻힐 거다."

확인하듯 되뇌는 소리에 녹주는 순종하였다.

그리고 사십구재가 끝나갈 무렵, 연중 가장 춥다는 날 밤이었다. 궁궐 담벼락을 우습게 뛰어넘어가며 눈보라가 거세게 불어 사방이 새카맣게 얼어붙었다. 시뻘 겋게 관솔불을 켜도 금세 꺼져버리거나 바람에 번지 기 십상이어서 사람들은 일찌감치 문을 꽁꽁 닫고 집 에 틀어박힌 계제에, 녹주는 문을 열고 내려섰다.

이리저리 신선 흉내를 내며 잘난 척 쏘다니던 화경 은 그즈음 세간에 두고 왔던 여동생을 잃었다.

*

"으응? 여동생이라고 했소이까?"

가만 듣던 척생이 물었다.

"여동생이라고 했고말고요."

"여동생이라니, 대체 그놈의 신선…… 화경 선생은 나이가 몇이었는데 그랬답니까?"

담생은 우거진 나무줄기를 척척 물러가며 답했다.

"글쎄, 화경 선생은 그때 스물여남은이나 됐을까. 하여간 서른 전이었을 겝니다."

"원! 그렇게 젊은데 무슨 이치를 통달하여 선인씩이 나 된다구!"

"걸음마 하는 아이도 다 아는 것이야말로 진리의 정수라고 하지 않습니까? 과시에 나가 구름같이 모인

수재들 틈에서 등용되느니보다 등선하는 쪽이 차라리 쉽고 말고요. 스물여남은에 호선의 수제자 노릇쯤이야."

"그래서 그 누이와 화경 선생이 영명국 중전마마와 또 뭐가 어쨌다는 말씀이시오? 담 동생."

"상세한 경위는 또 다른 이야기겠으나, 화경 선생은 세간에 자주 드나들다가 그 누이를 만났던 모양입니다. 여하간에 참 아주 어릴 적부터 그 누이를 지켜봐 왔다나요. 저것이 홍진에서 살아갈 내 피붙이구나, 하니 정이 붙은 게지요."

"아이구, 그러면 뭐 그 스승님 말씀대루 다정도 병일 법하구만요."

"그러게나 말입니다."

늘어진 가지 너머로 볕이 잘 고일 법한 구릉이 드러났다. 이미 달빛에 젖어 떨어지기 시작한 그림자 아래 웃자란 풀이 두 사람의 발을 뒤덮었다. 척생은 담생을 따라 걷느라 온몸이 땀으로 흠뻑 젖은 채였다.

"거 대체 언제까지……."

언제까지 갈 작정인가.

이만 돌아가는 편이 낫지 않은가.

척생이 질문을 입에 올리려는데 담생이 멈추어 서

서 품을 뒤적거렸다. 달빛보다도 저것이 더 희지 싶고 눈이 내려도 그보다 저것이 더 시리지 싶은, 그런 백자 호리병 하나가 튀어나왔다. 담생은 병을 기울여 제 발치를 적셨다.

한 모금 거리밖에 안 되는 술이 스스로 빛을 발하기라도 하는 양 사위를 밝혔다.

있을 리 없는 반딧불이들이 무수히도 날아오르는 것 같은 광경이었다.

"쭉 지켜봐온 누이가 그만 죽어버렸으니, 화경 선생은 몹시 상심했다더군요. 꽃만 져도 비통한 게 바로 그 정이라는 물건 아닙니까. 화경 선생은 속세 인간들 모양으로다가 마음이 천 갈래 만 갈래. 밤이면 달 아래 청경호까지 구름을 타고 달려가 몸을 던지고 박석산 깊은 계곡마다 거꾸러지곤 했답니다. 어지간한 요괴들도 그런 구경은 처음이라 저희끼리 수군수군 박석산 일대를 비워놓을 정도였다니, 정신 빠진 선인 하나 두어 속세는 오히려 평온했을지도 모를 일입니다."

✳

사람 목숨이란 본시 그리 허망하여 값지다고 스승은 누누이 일렀으나 화경은 지나치게 세속과 친밀하게

지냈던 탓인지, 여동생의 죽음을 쉬이 떨쳐내지 못했다.

"어리석구나. 너 영영 등선은 못 하겠다."

호선은 혀를 차며 벽을 보고 돌아앉았다. 그는 제가 주워 기른 두 제자가 모두 슬하를 떠나고 말았다는 사실을 받아들였다. 어차피 호선도 천 년을 수행하여 만든 구슬을 잃었으니 지상에 붙박인 짐승인 채 죽어갈 터였다. 그리하여 끊어질 정도의 도리였던 거라고, 그는 말했다. 제자들이 홍진의 때를 묻히고 스러지면 여우는 여우로 사람은 사람으로 죽어 이야기 한 줄기 말고는 아무것도 안 남는 것이리라고.

이윽고 호선이 벽안거를 빙자하여 암자를 짓고 깊은 골짜기에 틀어박힌 겨울, 정월이 다 지나기 전에 화경은 낯익은 손님을 맞았다.

"경아 게 있느냐?"

깊게 덮어쓴 장옷을 걷어 올리며 성큼 방 안으로 뛰어든 여자는 낯이 익었으나 쉬이 그 이름을 부르고 싶지 않을 만큼 변한 모습이었다.

"내 모처럼 한뎃바람 맞으며 먼 걸음 하였거늘, 경아는 누님을 맞이하러 나오지도 않고 자빠져 잠이나 청하는구나. 괘씸한지고."

금사 은사에 매단 호박들이 화려하게도 짤그락거렸

으나 그 아래 흰 이마는 파리하기만 했다.

"누추한 곳까지 어인 행차십니까? 누님?"

"어인 행차는. 무릇 선인의 약조는 금석과도 같은 것. 네 스스로 내게 했던 말을 잊지야 않았을 게다. 부탁이 있거든 찾으라 하였지? 자, 폭설을 뚫고 내 여기까지 왔다. 너는 두말을 할 수 없을 터다."

녹주는 화경이 상석을 권하기 전에 척하니 제 자리를 찾아 앉았다. 화경은 그녀가 더 이상 예전에 함께 수행하던 동문으로 보이지가 않아 물끄러미 그 얼굴을 바라보았다.

"소제에게 사저께서 무엇을 바라십니까?"

태선은 아들을 낳았다.

녹주가 불쑥 말했다. 화경은 고개를 갸웃거렸다.

"태선이 아들을 낳고 죽었다. 모르느냐?"

녹주가 재차 말했다. 화경은 고개를 저었다. 모릅니다. 그의 선선한 답에 녹주는 씨익 웃었다. 무모한 줄 알면서도 스승의 눈을 속여보려고 장난을 획책하던, 오래전의 그녀가 찡그린 미간과 주름진 입가에 떠올랐다.

― 다정도 병인 탓에.

스승이 혀 차는 소리가 들린 것도 같았다.

화경은 자신을 홍진의 뭇 어린것들처럼 업어 돌보았던 누이를 외면할 수 없었다.

"태선이 낳은 아이를 안아주러 갔더니 내 손을 잡고 부탁을 하더구나. 잘 키워달라고. 그야 달리 무엇이 있겠니? 미련이 남을 요량이면 애초에 죽을 짓을 하지 말지 싶었다만……. 내 쭉 부대껴보니 사람이란 그다지 이치에 맞는 족속은 아니더라."

"그래, 잘 키워준다고 약조하셨습니까?"

"아무렴. 낯모르는 아이도 그저 갓난것이라면 측은한 법인데 한번 품에 안은 핏덩이는 오죽하겠느냐. 도적놈들도 어린애는 손 안 대고 베어버린다지 않니? 안아 올리면 차마 죽일 수가 없게 마음이 동하기도 한다면서."

"소제가 잘 압니다."

"게다가 곧 죽을 여자에게 시시비비를 더 가려 무엇 하겠느냐."

녹주는 당당하게 세운 어깨를 늘어뜨리며 조그맣게 한숨을 쉬었다. 그리고 말을 이었다.

"능을 미리 마련하고 동쪽을 비워두었다. 태선궁을 능에 모시라고 내가 애걸하다시피 하였으니 중신들도 더는 통촉하시라 소리를 못 하더구나. 붉은 신문을 세우고 비각도 벌써 자리를 잡았다. 당장이라도 가져다 누이면 얼마나 좋겠니? 그러나 태선궁에게 중전의 예를 다하게 되었으니 앞으로 얼마간 시일이 더 지나야 장지로 출발할 터다."

"하여 소제에게 바라시는 바라 하심은?"

"빈궁의 죽음으로부터 재궁(梓宮)이 노제 소리를 뒤로하고 장지로 떠나는 데까지 다섯 달. 아직 달이 몇 번 차고 기울어야 한단다. 경아, 나는 태선궁이 능의 동쪽에 누울 때까지 주상 전하께서 옥체 보중하시기를 바란다. 내 팔방으로 약을 구해 올렸으나 이제는 선적에서 하도 멀어진 탓인지 점점 힘에 부치더라. 화경이 너라면 쉬이 재주를 부려 나를 도울 수 있을 게다."

화경은 내심 안도하였다. 그녀의 부탁이 다만 지아비의 건강을 위함이었기 때문이었다.

'그래도 정이 남아 그러시는구나.'

화경은 선선히 옛 사저의 청을 받아들였다.

"그뿐이라면 소제, 힘을 다하겠습니다."

"물론 그뿐이 아니지."

녹주는 화사하게 웃었다. 처음으로 검을 높이 빼 들고 목숨 붙은 것을 귀차(鬼差) 같은 얼굴로 베어 넘어뜨릴 때처럼 유쾌하게. 그녀가 벌떡 몸을 일으키자 한

순간 천 리 밖의 설산이 녹아 사방으로 빙설이 흘러넘치는 듯 서늘하였다.

"내 두 번째 염원은……."

그녀의 청원을 듣고 화경은 절로 얼굴이 어두워졌다. 듣도 보도 못한 청이었다.

"누님. 진정이십니까?"

"내가 네게 허튼소리나 늘어놓으려고 먼 길을 재촉하였겠느냐?"

"그러나……."

"경아 네가 들어줄 것을 안다."

"어찌 그리 무도한 일을 소제에게 바라십니까?"

"홍진의 때가 묻은 나와 달리 선적에 한 발 들여놓은 네게도 그깟 것이 무도하더냐? 전공을 세워 치켜든 깃발이 잿고무래 한 자루와 다르지 않은 것이 선인의 일일 터다."

"그예 죄가 아니라면 누님께서 소제의 손을 빌리러 오지도 않으셨을 테지요."

"경아에게는 의미 없는 노동일 게다. 죄라면 내가 다 받으마."

화경은 우울하게 고개를 저었다.

"안 됩니다. 사저께서 더 업을 쌓게 두고보아서야 동

116

문의 정리에 어긋납니다. 말씀하신 일 따위 소제는 물론이려니와 당신께도 아무 의미도 없고 다만 천추(千秋)의 업보에 불과할 것이니."

"정 깊은 동생께서 죄 깊은 이 녹주를 염려하는구나. 그러나 경아야. 내가 빈손으로 네게 죄를 권함이 아니라면 어떠하겠니?"

"얼기설기 짠 마포(麻布)를 끊어 내다 파는 일처럼 말씀하시는군요. 누님께는 죄송한 말씀이오나⋯⋯."

"여우구슬이 필요하지 않으냐?"

일순 말문이 막혀 눈을 화등잔만 하게 뜬 화경을 향해 녹주는 그럴 줄 알았다는 듯 의기양양하게 웃었다.

"누님, 그 무슨⋯⋯."

"마포로는 싫다 하니 비단 대단(大緞) 굽이굽이 펴는 수밖에. 경아야, 내 다 듣고 왔단다. 선계를 떠났어도 먼뎃바람에 묻어 홍진까지 제법 이런저런 속삭임이 퍼지더구나. 정 깊은 동생이 누이를 잃고 널리 여우구슬을 탐낸다지? 아무렴! 제아무리 대단한 화경 선생이라도 여우구슬을 공으로 얻지는 못한단다. 네가 용을 쓰면 아홉 자루 붓에 아흔아홉 장 종이야 어떻게든 얻겠지. 사람을 홀려 스스로 고개를 틀어박고 피에 잠겨 죽게 하는 거야 네게는 수양버들 가지를 흔드는 것보

다 쉬울 게다. 하나 구슬만은 네가 어찌 얻겠느냐? 천
년을 수행하여 죄를 짓고 또 씻어내며 겨우 흰 번개
한 꿋을 담아내는 동안 인간의 몸뚱이가 버텨주겠니?
깊이 생각해보렴. 남의 손에 틀어쥔 걸 돌려받으려면
그 손가락을 끊어버릴 밖에 없지."

녹주는 치맛자락을 휘날리며 아릿한 매괴 훈향과
더불어 궐로 돌아갔다. 화경은 홀로 남았다. 산중의 밤
은 더뎠기에, 그는 방 안에 드리워진 그림자로부터 더
천천히 벗어날 수 있었다. 온갖 요사한 짐승들이 들끓
는 상념에 이끌려 처마 아래와 섬돌 위를 기웃거리다
가, 화경이 문을 벌컥 열어젖히면 사방으로 흩어졌다.
화경은 나뭇잎 한 점 한 점에 숨은 짐승들을 헤아려보
다가 나지막하게 그 이름을 불렀다.

감추던 것을 소리 내어 말하면, 그로 하여 명(命)이
시작되는 법이었다.

— 제아무리 대단한 화경 선생이라도 여우구슬을
공으로 얻지는 못한단다!

필요하지?

의당 그러하리라는 듯 묻는 그 목소리에 화경은 자
신이 무엇을 탐하는지 비로소 깨달은 것만 같았다.

필요하고말고.

그는 자신 안의 가장 깊은 곳을 응시하며 그렇게 중얼거렸다.

누가 뭐래도 필요하고말고.

화경은 발치에 까맣게 모인 짐승들에게 밥알을 떼어 던져주었다.

'과연 경아는 내 부탁을 들어주었구나.'

녹주는 느릿한 노랫소리에 휘감긴 시야를 열며 그렇게 생각했다.

장지로 출발하는 행렬이 형형색색의 깃발들 아래 늘어서 있었다. 태선의 재궁(梓宮)을 실은 자들이 노제 소리를 드높였다. 병석에 누워 거동이 어려운 왕을 대신해 상석에 앉은 녹주는 무심한 얼굴로 앞을 쏘아보았다. 그 누구도 그녀와 감히 어깨를 나란히 할 수 없건만 그 누구보다도 높이 앉은 그녀에게도 지평선은 훤한 적이 없었다.

만인의 위에 서면 무엇하누. 하늘을 온전히 누리지도 못할 것을.

녹주는 눈을 가늘게 떴다. 펄럭거리는 수십 수백의 깃발들도, 제 몸을 감싼 나비 날개 같은 옷깃도, 그저 거추장스러웠다. 그러나 이제 머지않았다. 화경은 꾸준히 귀한 약을 보내주었고 왕은 새카만 얼굴로 드러누웠을망정 질긴 목숨을 지금껏 이어왔다.

'머지않았다.'

그녀는 아들을 낳은 태선에게 갔던 일을 떠올렸다.

— 감축드리네.

짤막한 인사 외에 할 말이 없었다. 침묵이 무겁게 내려앉자 그에 놀란 양 태선이 힘겹게 눈을 떴다. 태선은 눈 앞이 잘 보이지 않는지 녹주가 아니라 어중간한 허공을 두리번거리며 손을 까딱거렸다. 궁녀가 얼른 다가와 비단에 태선의 손을 가져다 얹고, 공손히 녹주에게 들어 올려주었다.

녹주는 그 손을 잡아주지 않았다.

— 아기님을…….

이번에는 다른 궁녀가 녹주에게 아기를 안겼다. 어린 것을 떨어뜨릴 수 없어 받아 안고, 녹주는 사람으로 보이지도 않는 핏덩이 너머로 죽음을 앞둔 태선을 내려다보았다.

— 아기님을 부탁하옵니다…… 마마.

— 염려 말고 몸을 돌보세요. 그리 애틋하시면 오래 곁에서 보듬으실 일 아닙니까?

쌀쌀맞은 목소리에도 태선은 전처럼 주눅 들거나 상처 입은 표정으로 이런저런 말을 중얼거리는 대신 커다란 눈을 치켜떴다. 녹주는 왕이 그녀를 얼마나 아끼는지, 그녀의 병환 소식을 듣고 얼마나 상심하여 건강을 그르쳤는지 알려주었다. 이미 궁녀들에게 들어다 알고 있었을 터인데도 마치 난생처음 듣는다는 양 숨을 죽인 채 천장을 바라보던 태선이 싱긋 웃었다. 그저 생명을 유지하는 것만으로도 힘에 부쳐 헐떡거리면서도, 그녀의 파리한 얼굴 가득 환희와 욕망이 떠올랐다.

― 소첩이…….

태선은 기어이 그 말을 해야겠다는 듯 힘겹게, 온몸의 힘을 끌어모아, 또박또박 내뱉었다.

― 소첩이…… 이겼어요, 마마. 제가 이겼어요!

만약 그렇게 할 수 있었다면, 태선은 벌떡 떨치고 일어나 양팔을 활짝 펼치고 깔깔 소리 내어 웃었을 터였다. 그러나 그녀에게는 이제 남은 숨이 없었고, 일생에 걸친 소망인 양 겨우 제 할 말을 마치자마자 푸르스름한 뺨은 하얗게 식었다.

녹주는 밀랍 조각과 다를 바가 없어진 그 식은 몸 곁에 고요히 서 있다가 버둥거리는 어린것을 궁녀에게 넘겨주고는 곧장 그 방을 떠났다.

태선은 죽었다.

녹주는 코웃음을 치며 웃으려 했지만 그 어떤 목소리도 그녀의 입술을 떠나지 못했다.

그래서 녹주는 가장 화려한 장신구를 모조리 벗어 던지고는 홀로 박석산으로 향하여, 사제인 화경을 만나러 갔다.

'그리고 다섯 달.'

눈 앞에 칠성판이 어른거렸다. 재여는 높이 들어 올려졌다가 살아생전의 태선처럼 머뭇거리며, 그러나 결코 물러서는 법 없이 자신이 가야 할 길을 똑바로 나아갔다. 녹주는 고개를 끄덕였다.

'아무렴. 자네가 이겼다.'

일생을 건 그 말 한마디에 녹주 자신이 무슨 상처를 받은 것도 아니었다.

아니었을 터였다.

정녕 무엇을 위해 무엇이, 무엇에게 이겼다는 말인가. 무엇이 또 패배란 말인가. 녹주는 그것을 몰랐고 묻는다 한들 답해줄 이도 더는 없었다. 그러나 싸늘하게 피가 식는 듯하던 그 순간의 감각만은 날이 갈수록 선명해지기만 했다.

— 마마. 제가 이겼어요!

그게 그리도 기쁘던가?

녹주는 녹이 슬어 아무것도 벨 수 없게 된 자신의 검을 꺼내 보료 아래 두었다. 그리고 태선궁이 영명국에서도 가장 운수가 좋고 양지가 바르다는 땅에 곱게 묻혀 번듯한 붉은 문이 다 선 후에, 나비처럼 날아 왕의 침전으로 갔다.

진귀한 약제를 지어다 올릴 때 말고는 한번 눈을 마주치지도 않은 지 오래된 부부였다. 왕은 거의 초록색으로 변해버린 뺨을 금침에 묻고 방문 기척에 눈짓했다.

"뉘가 오셨느냐."

고해바치기도 전에 묻고는, 궁녀가 중전마마께서 오셨다고 사뢰자 없는 힘을 짜내어서라도 불평을 덧붙였다.

"네년이 이제는 누가 방문을 열어젖히는지 알리지도 않는구나. 언제부터 짐이 물어야만 대답이 돌아오게 됐더냐?"

"황공, 황송하옵니다. 죽여주시옵소서."

"네년을 옥에다 던져 넣어주려? 이 몸이 먼저 죽어 네년 목숨을 부지하겠다 싶더냐?"

"어찌 감히 그런 무참하신 말씀을!"

궁녀가 벌벌 떨며 이마를 바닥에 찧었다. 녹주는

진강의 힘이 다 떨어져 목에서 쇳소리 외엔 아무것도 나지 않을 때까지 말없이 기다렸다. 꼴 보기 싫은 반려에게 화풀이를 하고 싶을 뿐이리라. 녹주는 가엾은 궁녀가 겨우 물러갈 허락을 받아 꽁무니를 뺀 후에 직접 자리를 깔고 곁에 다가앉았다.

"자네는 또 무슨 꼴을 보려고 왔는가?"

"태선궁이 무사히 장지에 도착했다니 사뢰러 왔습니다."

"그래, 새로 집을 지었으니 빨리 죽어가라고?"

죽고 싶은 것이 아니었나.

녹주는 낯선 생물을 보듯 진강의 홀쭉한 뺨을 응시했다. 통 이해 못 할 것들 투성이였다. 그가 대관절 무엇을 바라는지도 이제 알 수가 없었다. 녹주 신녀를 찾아와 고개를 숙였을 때의 그는 좀 더 알기 쉬웠다. 말이 진강이라는 사람의 전부였고 행동이 그림자였다. 가리키는 것과 향하는 것이 어긋나지 않았다. 녹주는 모두가 그런 줄로 믿었다. 술법을 부려 형태를 바꾸어 숨을 적에도 원래 자신이 무엇인지는 변하지 않는 것처럼, 세상이란 이따금 환영 뒤에 숨을 뿐 더없이 명확한 것이라고 여겼다.

참나무는 참나무였고 하늘소는 하늘소였으며 상제

나비는 상제나비, 녹주는 녹주였다.

사람은 그저 사람이었다.

— 제가 이겼어요!

무엇인가.

과연 무엇인가?

녹주는 기다렸다. 숨 쉬듯 검을 휘두르던 시절에 그 녀의 손끝은 매웠고 단단했지만 궁궐 지붕 아래에 금사로 은사로 짠 옷에 갇혀 사는 사이 모든 것이 부드럽고도 무뎌졌다. 손끝도 시선도, 말도 호흡도. 녹주는 그래서 그냥 쭉 기다렸다. 왕을 살게 하고 태선의 죽은 몸뚱이에 온갖 보물을 베풀며 기다리고 또 기다렸다.

왕의 죽음이 목전으로 다가오는 날까지.

그가 녹주에게 '이겼다'고 말할 만한 그 찰나까지.

그녀는 알았다. 문이 열리는 소리로, 다가드는 발소리로, 당황하여 잔뜩 긴장한 궁녀의 목소리로, 그녀는 때가 왔다는 사실을 알았다.

"주상 전하, 중전마마! 아, 아뢰옵기 황송하오나……."

문밖이 소란스러웠다. 진강은 호기심이 고집을 이겼는지 모처럼 녹주를 향해 시선을 돌렸다. 녹주는 천천히 입을 열었고 천천히 이야기를 들었으며 아주 애석한 목소리로 궁녀를 다독였다. 그녀와 더불어 문밖으로 걸어 나가 왕의 심기를 어지럽히지 않기 위해 모든 이야기를 혼자 들었다.

녹주는 혼자 문을 등지고 서 있었다.

옷자락에 밴 약 냄새가 다 스러진 후에 그녀는 모두를 물리고 혼자 방 안으로 돌아갔다.

그림자가 오히려 기꺼웠다.

"무슨 일인가?"

진강이 답을 재촉했다. 녹주는 좀 더 기다렸다.

"무슨 일인지 묻지 않나? 이봐, 신녀 나으리."

"태선궁께서 한설 땅에 자리를 잡고 바로 엊그제 사당을 꾸미고 신문을 정식으로 세웠지 않습니까?"

"비바람에 상하기라도 했다던가? 반우(返虞)하였다는 소식을 들은 지 채 열흘도 아니 되었거늘."

왕이 언짢은 듯 대꾸하였다.

"참으로 아뢰옵기 황송하오나 능이 도굴꾼인지 산짐승인지 모를 것에 침해를 입었다 하옵니다."

"뭣이!"

왕은 녹주의 말에 어디서 그런 힘이 났는지 벌떡 일어나 앉았다.

"사람의 짓이면 잡아 효수하고 짐승의 짓이면 하늘이 소첩의 부덕함을 탓하는 줄로 알까 합니다."

126

"사람의 짓이고말고!"

녹주는 남편의 혼란스러운 시선을 받아냈다.

하늘의 뜻이라고 인정할 수는 없을 터였다. 병상에 누워 정사를 외면하는 왕이라는 비난은, 구중궁궐 침소에 드러누운 진강의 귀에도 어렴풋이 들려오곤 했으므로. 녹주는 왕의 마음의 소리를 듣기나 한 듯 앞장서서 그를 위로하고 피해를 입은 능을 복구하도록 명했다.

황감하게도 태선의 시신은 두어 리 떨어진 곳에서 발견되었다.

사람의 짓이라고들 떠들었다.

소문이 걷잡을 수 없을 만큼 빠른 속도로 번져, 흡사 불길 같았다. 저마다 현상에서 천명을 읽고 예지를 덧붙였다. 천 번의 가을 같은 이레 동안 왕의 목숨은 정반대로 바람 앞의 촛불처럼 연약했다.

"범인은 잡았는가?"

꺼져가는 목숨을 붙들고 왕이 물었다.

"잡았습니다."

녹주가 답했다. 왕은 향로에서 피어오르는 인주색 연기 너머로 그녀를 올려다보았다. 손을 뻗어도 닿지 않는 거리에 녹주의 치맛자락이 보였다.

그는 대답을 듣다가 까무룩 잠들었다.

죽음이란 한없이 길어지고 흐릿해지는, 그 시간의 경계 어느 언저리쯤을 가리키는 말인 듯도 싶었다.

"잡았다고······."

"네. 잡았습니다. 묘를 파 은과 금으로 만든 제기를 훔치는 걸 업으로 삼아 온 무뢰한이라 하더이다. 추상같이 몰아쳐 죄를 고하게 하고는 목을 달아 저자에 걸었습니다."

"다행한 일이군. 양좌(良佐)를 잃은 슬픔에 고통이 더해 근심이 컸거든. 자네가 모쪼록 불쌍한 그 사람을 잘 돌보아드리게나."

"여부가 있겠습니까."

녹주는 새로 마련한 능에 대해 오랫동안 늘어놓았다. 얼마나 사치스러운 관을 쓰는지, 얼마나 대단한 문장가를 불러 글월을 짓게 했는지, 얼마나 제관을 많이 동원해 날을 새로 잡았는지, 그녀는 왕의 짧은 여생이 반쯤 타버릴 때까지 떠들어 댔다.

밤이 성큼 깊었고 사위는 고요했다.

그 모든 말의 끝에 녹주는 속삭이듯 조용히 덧붙였다.

"다만, 아뢰옵기 참으로 황감한 말씀이오나, 규씨의 몸이 사후라 하여도 외간 남자의 손을 타 부정해지고 말았으니 이제 감히 주상 전하의 곁에 누울 수 없다 합니다."

왕은 이해가 가지 않는지 가만 듣고 있었다.

녹주의 얼굴에 미소가 피었다.

"안되셨네요, 전하. 죽음 이후가 영원이라면 당신은 하릴없이 저와 그 지독한 세월을 나누시게 되셨습니다."

왕은 그에 무언가 할 말이 있을 줄 알았다. 시체에 손을 댄 것도 법도에 어긋난다는 그 기괴한 주장에 대해. 물론 그럴 법도 하다는 이해에 앞서 기가 막혀 눈을 크게 뜨는 것 외에는 자신이 느낄 감정조차 얼른 판단이 서지 않았다.

왕은, 그래도 자신에게 뭔가 할 말이 남았을 줄 알았다.

태선을 그리는 마음, 한탄, 슬픔, 아니면 알 듯 말 듯한 어떤 막연한 상대를 향한 증오나 원망이라도 입에 올려야만 했다.

태선이 죽었다.

그가 죽어 그녀 곁에 누울 예정이었다.

그런데 누군가 태선의 시체를 건드렸고, 그래서 그녀는 부정한 몸이 되어 외따로 묻혀야 한다.

그가 영명국의 왕이고 지엄한 종묘와 사직은 모두

그를 위해, 그와 함께, 면류관의 구슬이나 용포의 바늘땀 한 개처럼 존재하는 줄로만 알았건만 어이없이 모든 것이 어그러지고 말았다.

"……짐은."

녹주는 떨리는 그 목소리에 보일 듯 말 듯 웃었다.

왕은 죽었다.

왕이 죽었다.

그에게는 남은 시간이 없었고, 그는 남은 말을 영원히 연기되는 어느 순간 속으로 가지고 갔다. 무한정 되뇌며 결코 구분할 수 없는 두 개의 감정 사이 어느 언저리 같은, 그런 세계로.

녹주는 왕의 붕어를 알리는 분주한 목소리 틈새에 숨어 눈물 없이 울었다.

"소제는 약속을 지켰습니다."

호곡 소리가 그치기도 전에 화경은 녹주를 찾아왔다. 목을 베어 냈던 흔적이 붉은 선으로 남은 채였다. 녹주는 맑고 단정하던 동문이 피투성이로 마주 앉은 것이 그저 우스운지 싱글거렸다.

"누님."

화경은 불쾌한 얼굴로 재촉했다.

"여우구슬을 주겠다고 하였으니 나도 약속을 지키마. 경아, 구슬은 저기 있다. 기꺼이 가져가렴."

"누님께서 말씀하시는 곳은 창이 아닙니까? 창 너머에는 아홉 하늘 아홉 바다가 늘어섰는데 열여섯 땅 어디를 가라 하시는지요? 소제는 우둔하여 모르겠습니다."

"동궁에 있단다."

"동궁에 계신 것은 누님이 돌볼 아기님입니다."

"그래. 태선이 낳은 아기님. 꼭 네가 가져가주길 바라, 내 저기에 두었단다."

화경은 녹주의 말에 얼굴을 찡그렸다. 녹주는 태연히 빈 잔을 높이 치켜들고는 보이지 않는 달을 담아 취하도록 마셨다.

"경아. 내 딸은 냉골에서 죽었더라. 모르는 사이 개처럼 기어 다니다 간다는 말도 없이 졌더라."

"……무슨 말씀을 하시는지요."

"스승님께 울며 매달려도 하늘의 뜻이 아니 그렇다고 하시기에 원망하였다. 사람이란 게 어리석어서 때로는 벼랑에서 떨어져 구른 후에야 죽을 줄 아는 법이지. 스승님 몰래 기어이 여우구슬을 가져왔을 때는 이미 늦어, 내 딸이었던 목숨을 앞에 놓고는 내 손으로 할 수 있는 게 아무것도 없었다. 한 식경이 야속하더구나. 반나절만 더 살아주지 싶다가 어차피 이리 갈 것을 무엇하러 내게 왔던가 싶다가……. 있다 없어도 목숨은 목숨으로 족한 것이거늘. 그런데 참 이상도 하지? 경아, 이상하지? 죽었다고 말하지 않으면 산 것과 다르지 않아서 더 묘하지 뭐냐. 그 애 죽었다고 떠들고 다니지 않으면 아무도 입에 올리지 않아서 그 전과 똑같으니, 산 건 무엇이고 죽은 건 또 무엇이란 말이냐?"

녹주는 훌훌 털고 일어나 소매를 한 번 흔들었다.

넓은 소매 가득 함빡 적셨던 향기로운 술이 넘실대는 남쪽 바다였고 내던진 은잔은 가본 일 없는 삼각산이었다. 외딴 봉우리 하나가 주먹만 했다가 궁궐만 했다 그다음에는 또 영명국 전부만 했다.

작고 둥근 누각을 꽃봉오리인 양 쓰다듬자 그다음 순간에는 젊고 아름다운 두 선인이 푸른 난간에 기대앉아 있었다.

"태선궁이 낳은 이 아기님이 영명국의 하나 남은 후손이지."

녹주는 아이를 품에 안고 화경에게 내밀었다.

술을 권하듯이.

검을 내밀듯이.

죄를 범하듯이.

"경아, 갓난애는 죄가 없어 이 여린 목숨 하나 건지려고 내가 여우구슬을 먹었단다. 꺼내 가렴."

그렇게 말하는 녹주의 목소리는 낫지 않는 상처에서 뚝뚝 피가 떨어지는 것만 같은, 그런 목소리였다. 화경은 희미하게 미소가 번진 눈으로 녹주가 안고 있는 아이를 바라보았다.

"누님이 무엇을 바라시는지 압니다."

그는 그렇게 답했다.

"그러나 누님께 답을 드리지는 않으렵니다. 이 역시 소제 나름의 작은 복수입니다."

화경은 빨간 선이 그어진 목 위로 모란처럼 웃고는 아이를 품에 안고 사라졌다. 돌개바람 한 줄기가 문을 활짝 열어젖혔다. 녹주는 갓옷을 걸치고 온갖 금은보화가 가득한 방 안에 홀로 주저앉아 있었다. 모든 보물의 그림자가 한꺼번에 쏟아졌다. 그녀는 열린 창 너머에서 흘러드는 여름 바람에 넋을 잃었다.

홀렸구나.

속고 싶었구나.

세월이 뭉텅 사라진 자리에서 그녀는 상복을 입고 홀로 남았다. 죽은 왕의 옆자리에 그녀가 묻히고 나면 영명국은 사라질 터였다. 녹주는 인간의 짧은 생애를 가늠해보았다. 달이 차고 이우는 것 같은, 한 뼘 정도 되는 기간을.

'그 한 뼘에 고였다가 흐르는 피로 바다를 메울 수도 있겠구나.'

문갑을 열고 꺼내 본 검은 어느새 자루만 남은 채 녹이 슬어 부러진 지 오래였다.

여자 손으로 두 뼘이 넘는 자루를 뿌듯하게 움켜쥐고 녹주는 허공을 갈랐다.

속고 싶었구나.

속아주고 싶었구나.

＊

"그래서……."

척생은 팔짱을 끼고 고개를 갸웃거렸다.

"그래서 그 아기님은 어찌 되셨답니까? 화경 선생이 아기님에게서 구슬을 꺼냈습니까?"

"글쎄요."

"뭐? 이보시오, 담 동생. 글쎄요라니! 그래서야 이야기가 안 되지 않소이까?"

"멋대로 지어내자면 이럴 수도 있고 저럴 수도 있겠

습니다만."

"아니, 아니지. 담 동생. 뭐요? 자기도 모르는 이야 기를 그렇게 잘난 척 떠들었구먼. 이런 이런. 그걸 듣 겠다고 예까지 줄줄 따라오고."

"술을 붓는다고 했더니 따라오신 것을요. 척 형, 여 기가 영명국 비 전하의 능입니다."

척생이 주위를 둘러보았더니 아무것도 없었다. 다 른 데보다 더 망가지지도 않았고 더 우아하지도 않았 으며 그렇다고 눈에 띄는 나무 한 그루 자란 것도 아 니었다.

"에이, 뭐 아무것도 없구먼."

"척 형은 저를 믿습니까?"

"또 거짓말을 한 거요? 담 동생! 이거 너무하시는 거 아뇨?"

"또라니, 너무하십니다. 제가 언제 척 형을 속였다 고요."

"영명국 마지막 동궁마마를 화경 선생이 데려간 이 야기만 하고 그래서 뭐 어찌 되었는지 숨기지 않았소? 시원스레 다 알려줄 듯이 굴어놓고서는. 그게 속인 게 아니면 뭐요?"

"그게 그리도 궁금하십니까?"

담생은 기름한 눈매로 웃더니 소매에서 다시 호리병을 하나 꺼내 내밀었다.

"호리병 속에 답이 있습니다."

척생은 머뭇거렸다. 눈 앞의 사내가 영 낯설게 느껴졌다. 주위의 어둠이 새삼 무거웠고 나뭇가지가 바람에 흔들리는 소리조차 두려웠다.

"화경 선생은 녹주 신녀에게 해답을 주기 싫었던 겁니다. 아이의 목숨을 거두어 구슬을 가져갔는가 아니면 다른 수를 냈는가? 녹주 신녀는 왕년의 선술을 잃어 인간에 가까웠고 화경 선생은 아직 선술의 대가였지요. 화가 난 신선은 바람 같고 물 같습니다. 뭐가 뺨을 스치는데 어디서 와서 어디로 가는지 모르지요. 눈을 들어 저 너머를 볼작시면 아, 저쯤에서 왔나 싶은데 거기까지 거슬러 가기에는 시간이 없거든요. 알 수 없지요. 알고 싶지만, 정말 알고 싶은지도 모르게 되지요. 녹주 신녀는 아이를 맡기면서 답도 넘겨주었습니다. 그래서 선생은 화가 났고, 화가 나서……. 왜 그러십니까? 척 형. 호리병 속에 답이 있습니다."

척생은 한쪽 눈을 감고 다른 한쪽 눈에 호리병을 바싹 가져다 붙였다. 물소리가 들리고 술 냄새가 나고 청명한 바람이 흘러나오더니 어른어른 가물가물 무엇이 보였다.

산이 보이고 호수가 보이고 잔설 덮인 진탕길이 보이고 구름이 잡힐 듯 시야를 스쳤다.

남자가 보였다.

척생이 모르는 남자가 척생이 모르는 길을 척생이 모르는 노래를 부르며 걷고 있었다.

그는 구슬을 꺼냈는가? 아이는 죽었는가? 그것도 아니면…….

"왜일까요?"

척생에게는 담생의 목소리가 더 이상 들리지 않았다. 그의 시선이 집요하게 남자를 따라갔다. 호리병 속의 조그맣고도 커다란 세상 구석, 딱 하나의 길 위에 딱 한 사람이 서 있었다. 하얀 얼굴 아래 하얀 목에 빨간 줄이 하나. 하얀 옷에 감싸인 품에 무엇이 있는지 척생은 보았다.

우뚝 멈추어 선 화경은 보일 리 없는 척생 쪽을 올려다보더니 손나팔을 만들어 보였다. 척생은 그에게 귀를 기울였다.

속았구나.

그 말에 화들짝 눈을 떼자 담생의 얼굴이 거기 있었다.

달처럼 둥글고 흰 얼굴이 빤빤하고 도끼로 찍어낸 듯한 눈자국 안에는 아무것도 없었다. 여우처럼 쭉 찢어진 입이 붉은 혀를 날름거렸다.

"어!"

척생은 호리병을 내던지며 엉덩방아를 찧었다. 호리병은 빙글빙글 제비를 돌더니 팍삭 소리를 내며 산산조각 났다. 담생은 소리 없이 파편 위를 기었다. 빨간 피가 뚝뚝 떨어져 기묘한 궤적을 만들었다.

"왜일까요? 척 형. 인간이란 그 호기심을 통 이기지 못하더군요. 왜죠? 왜입니까? 척 형, 대관절 왜 알고 싶어 할까요? 다들 제 뒤를 따라 걷습니다. 알고 싶어서."

다들 담생에게 물었다.

그래서?

그다음은?

대체 왜?

"이야기의 끝은 보았습니까? 척 형, 화경 선생이 구슬을 가졌던가요?"

척생은 대답하기 위해 입을 빠끔 열었다.

대답할 수 있을 줄 알았다.

그러나 기나긴, 영원한, 한없이 유예되는, 이 순간과 저 순간의 틈새 어느 언저리가 그의 눈 앞에 펼쳐졌다.

검고 아득하고 깊은.

그는 해답을 혀끝에 매달고 죽었다.

박석산 요괴가 목을 꽉 깨물자 툭 튀어나온 척생의
혀는 한 뼘이 채 되지 않았다.

제3부 그때 흰 뱀 한 마리가

絶世代美

도사에게는 십 년이 차(茶) 한 김 식을 순간이고 백 년이 눈꺼풀 한 번 떨릴 시간이라고 한다. 그렇게 떠드는 사람들 가운데는 이따금 저잣거리에서 도사를 만나 감이나 복숭아를 한 알쯤 얻어 먹은 이들이 있게 마련인데, 그중 단연 자주 오르내리는 이름이 바로 화경이었다.

그 도사 화경 선생이 산천을 유람하며 여러 대가 흘렀는데, 아무개 나라가 허물어지고 인근에 새로 나라가 설 무렵 선생이 청경호 근처 산중에 초막을 짓고 제자를 만들었다는 소문이 돌았다. 워낙 도력이 대단한 자라, 여덟 방위 아홉 하늘 열여섯 바다를 두루 누비며 누구 하나 산 것에겐 곁을 아니 내준다더니, 결국 스스로 그림을 한 장 그려선 그 안의 미인을 불러 내 제자로 삼았단 이야기였다.

이것은 그 무렵의 이야기다.

＊

벼락 맞은 바위 가운데 사연 없는 바위도 드물게 마련이다. 개중에는 못된 부모가 어린 자식을 돈 욕심에 팔아넘겼다가 그만 천벌을 받아 벼락을 맞았다는 투의 이야기도 흔하다. 근자에 새 상감마마가 나라를 일으킨 덕에 비 온 뒤의 죽순처럼 온갖 풍문이 살을 불려 여기저기에서 돋아나고 있다 보니, 어디서 또 비슷비슷한 벼락바위 이야기도 섞여 들었다.

"그게 우리 새 왕비님 이야기라지 않아?"

"벼락 맞은 것이? 아니, 어떻게 벼락을 맞고 왕비 자리엘 오른답디까?"

"거, 사람. 벼락 맞을 소릴. 왕비 마마 말고 그 어머니 말요, 어머니."

못된 왕을 무찌르고 폭정에 신음하는 백성들을 위해 맨주먹 하나로 몸을 일으켜, 이윽고 자그만 나라를 세우기에 이른 왕은 새 왕비를 맞이했다. 왕비는 망국의 왕족 피를 이어받은 여자였는데, 소문에 따르자면 왕이 그녀를 알게 된 계기가 세간에 보기 드문 이야기라 하였다.

"박석산 그짝에 커다란 바위가 하나 있는데…….."

"그게 은근히 돌산이라지."

"한 봉우리는 돌인데 범을 닮았고 다른 봉우리는 숲이 무성하여 시커먼 용의 잔등 같다더만."

"박석산 그 커다란 바위가 잘 보면 붉은 금이 쩍쩍 가 있으니, 그 연유가 무엇인고 하니…….."

예전, 이제는 천벌을 받아 없어진 그 나라의 죽어버린 왕이 지천에서 재물과 사람을 끌어모으던 시절 이야기다. 죽어버린 왕, 이제는 폐주(廢主)로 불리게 된 왕 탓에 농지에는 비가 내리지 않았고 바다에서는 바람이 불지 않았다고 한다. 그 시절 박석산에는 못된 뱀이 살아, 그놈이 온갖 제물을 받아먹고 살지며 물길마저 막아버린 통에 산하촌의 고생이 이만저만이 아니었다.

사람들이 없는 살림에 한 됫박씩 곡식을 모아 어디 벼슬아치에게라도 부탁해보려 했지만, 나라가 어지러운 판에 책임지겠다는 사람 하나 있을 리야. 결국 먼 뎃산에서 수행을 쌓았다는 아무개라도 모셔 왔는데,

그이가 주위를 쓱 둘러보더니 이랬다는 것이다.

— 원, 참 가엾은 노릇이외다. 어린애 하나를 바치면 뱀이 먹고 물러나 앉을 텐데 누가 제 새끼를 내어 주겠소?

그예 마을 사람들이 다 단념하고 죽을 날만 기다릴 판에, 마침 궁상맞은 아낙 하나가 나섰다. 눈이 희한하게 형형하고 목소리가 그 양손 양발만큼 거친 여자였다.

— 얼마나 내놓으시려우?

여자는 이남박 하나를 쓱 내밀었다. 바가지 안에 말라붙은 곡식 찌꺼기와 툭툭 튀는 새빨간 이가 뒤엉켜 있었다. 사람들이 껄끄러운 죄책감을 억지로 누르고, 한 푼 두 푼 내놓기 시작했다. 바가지 속이 누런 동전으로 가득 찼다. 여자는 바가지를 슬슬 흔들며 채근했다. 더, 더, 조금 더. 내 배 아파 낳아 빌어먹으며 기른 자식인데 슬픈 마음이 돈꿰미로 뒤덮여 아예 옴쭉달싹을 못 하도록 더, 더, 조금 더 내놓으시구려. 더, 더, 조금 더. 눈 앞에 삼삼하니 자식새끼가 보이다가도 싯누런 금덩이에 눈이 멀어 이냥 깜깜하도록 더, 더, 내놓으시구려.

쩔겅쩔겅 동전이 차오르고 달캉달캉 놋쇠 숟가락

하나, 어느 집구석 돌쩌귀며 다듬잇돌 조각까지 여자의 바가지로 날아들었다. 여자는 바가지를 세 번 채우고 다시 삼세번 가득가득 눌러 받더니 비로소 이를 드러내며 웃었다.

— 좋소. 내 딸년을 데려가시구려.

여자의 딸은 더러운 옷가지를 걸치고 산발을 했는데도 정월 보름날의 달님만큼 고왔다. 화등잔만 한 눈동자를 슴벅거리며 소녀가 터덜터덜 걸어 제 몸을 내놓자, 마을 사람들은 모두 고개를 돌리고 눈물을 흘렸다.

가엾어라.

누군들 측은지심이 없겠는가. 그러나 다만 마을을 위해서다. 물길을 터서 모두 살아남기 위해서다. 사람들은 아이의 등을 떠밀어 박석산으로 향하게 했다.

산 깊은 곳에 웅크리고 앉아 침을 질질 흘리던 못된 뱀이 기다리다 못해 슬그머니 밝은 곳으로 기어 나왔다. 커다란 대가리를 쑥 내민 뱀의 모습에 사람들은 모두 심장이 너덜거릴 만큼 놀랐다.

— 뱀 어르신, 모쪼록 이 아이를 받아 잡수시고 그만 물길에서 비켜주십시오.

마을 사람들이 모두 고개를 조아렸다. 아이는 덜덜 떨며 뱀 아가리에 자기 몸을 내놓았다. 그러나 그때였다. 대명천지에 온 산천이 찌르르 울리도록 고함을 치며, 산에서 산을 옮겨 다니던 젊은이가 뱀 앞을 가로막은 것이다. 젊은이는 한 무리의 장정들을 이끌며 범처럼 흉악한 정치를 피해 몸을 숨긴 신세였는데, 가여운 어린아이가 죄 없이 팔려 죽을 지경에 처하자 더 지켜볼 수가 없었다.

— 이놈! 미물 주제에 사람을 먹고 피를 흘리게 하였으니 천벌을 받아라!

젊은이는 허리춤에서 칼을 꺼내 높이 치켜들고 흉측한 뱀 대가리를 댕강, 썰어버렸다. 그러자 사방으로 흰 피가 솟구치더니 하늘이 단숨에 흐려지고 비구름 떼가 오글오글 모여, 세찬 물줄기를 쏟아내는 게 아닌가. 사람들은 이제 논바닥이 다 갈라지는 일은 없겠구나 하고 신이 나서 덩실덩실 춤을 추었다.

그런데 저만치 바위 위에 보란 듯이 앉아 몽당치마를 제끼고 돈꿰미를 정신없이 헤아리던 무정한 어미, 강퍅한 아낙은 비구름 틈새에서 콱! 소리와 함께 내리꽂힌 벼락을 맞아 꿱 소리도 없이 죽고 말았다.

"글쎄, 소문에는 그 여편네가 죽으면서 흘린 피가 사방으로 흘러가지고 바위에 남았다지 않아?"

"그래서 그게 벼락바위라고 불린다지?"

"벼락 맞은 바위 앞에서 여자아이는 공손하게 절을 한 번 올리고는, 자기를 구해준 그 젊은이를 따라나섰다는데……."

"그 젊은이가……."

그 젊은이가 곧 뱀을 베어낸 그 칼로 악한 왕을 무찌르고 왕이 되더니, 훗날 그 가여운 여자아이를 후비로 맞이하였다고 한다. 이를테면 불쌍한 마을 사람들도, 불쌍한 여자아이도, 모두 새로운 왕 덕분에 행복한 결말을 맞았다는 이야기다. 한편 돈 욕심에 눈이 멀어 딸을 홀랑 팔아넘긴 나쁜 어미와, 못된 뱀과, 악한 왕은 마땅한 벌을 받았으니 참으로 아름다운 일이다.

✳

"화경 선생님 거 계시냐?"

메기수염에 작달막한 키의 사내가 그럴싸한 옷을 입고 찾아왔다. 금줄 앞에서 멈추어 집주인을 외쳐 부르는 그를 향해 계집애 하나가 종종걸음으로 다가와 고개를 빠끔 내밀었다.

"안 계신다."

"쬐그만 게 다짜고짜 반말이야?"

"길쭉한 게 다짜고짜 반말이야?"

"어허! 너 사람이 아니구나?"

"아하! 너 사람이 아니구나?"

계집아이는 금줄을 손가락 끝으로 만지작거리며 메기수염을 빤히 쳐다보았다. 메기수염이 먼저 물었다.

"계집애야, 너는 그림이지?"

"중늙은이야, 너는 거북이지?"

"어허!"

"아니야? 맞아?"

"어허! 어허!"

"아니야? 맞아? 응? 넌 거북이지?"

"그래, 거북이다! 이 댁 선생이 만드셨다. 그림으로 만든 계집애하고 비길쏘냐!"

"그림이라도 춘이는 스승님 제자야. 하나뿐인 제자라고 그랬단 말야! 혼내줄 테다!"

'춘'이라고 자신을 밝힌 계집애가 다짜고짜 싸리 빗자루를 집어 들었다. 메기수염은 부아가 치밀었다.

어린 것이 어딜 감히!

메기수염은 화경 선생의 도움을 얻어 사람이 된 몸으로, 지금은 소열국(昭烈國) 재상댁에서 한자리 꿰찬 참이었다. 몇 년 나라의 녹을 먹다 보니 거북이였던 시절은 쉬이 잊히고 그만 주변 관리들과 다르지 않은 양 생각하고 말하게 되었다.

어린것이!

해서, 메기수염은 싸리 빗자루를 쥔 채 제법 사납게 구는 춘의 손목을 냅다 후려쳤다.

"악!"

춘은 비명소리와 함께 홀랑 나동그라졌다. 팔목이 부자연스러운 방향으로 뒤틀리고 손목은 툭 끊어져 빗자루에 대롱대롱 매달린 채였다. 춘은 눈을 휘둥그렇게 뜨고는 덜렁대는 발로 바닥을 차댔다.

"야! 거북이 너! 우리 스승님한테 다 이를 테다! 혼내줄 거야!"

"허이고, 무섭지도 않네. 기껏해야 종잇장 주제에 어른한테 까불어? 또 떠들어봐라, 갈기갈기 찢어주마."

"더 찢어도 다시 붙이면 그만인걸? 흥! 하나도 안 무서워."

"다시 붙이지 못할 만큼 작은 조각으로 찢어서 후 불어 날릴 게야. 고작 한낱 종이 한 장이면서 겁도 없이……."

"이해가 안 되네? 거북이도 작은 조각으로 만들면 다시 못 붙일 거 아냐? 그러면 너랑 나랑 뭐가 다른데?"

진심으로 궁금하다는 듯 치어다보는 춘을 향해 메

기수염은 말문이 턱 막혔다. 그가 아는 주위 사람들이 거개 그렇듯, 메기수염도 말문이 막힐 때면 얼굴이 벌게졌다. 그리고 더욱더 큰 소리로 호통을 쳤다.

"요 계집애가!"

찢어진 손목 한쪽이 매달린 싸리 빗자루를 낚아채 치켜드는 순간, 메기수염은 억 소리를 질렀다. 고작해야 빗자루 하나인데 메기수염이 버틸 수 없을 지경으로 무거워서 몸이 뒤로 훌렁 넘어졌던 것이다.

"어! 역시 거북이였구나?"

그럴듯하게 차려입은 관복 속에서 메기수염을 매단 거북이 엉금엉금 기어 나왔다. 주저앉은 채로 춘은 까르르 웃음을 터뜨렸다. 양손이 제 자리에 붙어 있었더라면 박수를 쳐댔을 게 분명했다.

"아춘. 위험한 장난은 치지 마세요."

화경 선생이 춘의 몸을 가볍게 짊어졌다. 춘은 한 손에 다른 쪽 손을 들고, 한 점 반성의 기색도 없이 떠들었다.

"저 거북이가 먼저 못된 소리를 했어, 스승님. 못된 소리를 하면 입을 막아줘야 하잖아. 춘이는 잘못한 거 없어."

"존댓말로 조심조심 잘 가르쳤는데 왜 이리되셨을까."

"저자에 나가면 다들 춘이한테 반말을 하니까 그렇지. 춘이도 모두에게 똑같이 해주는 거야."

"저한테도요?"

"스승님도 춘이한테 반말하면 되지."

"저런. 서로 존댓말 하는 걸로 합의를 봅시다. 아춘."

"싫어."

화경은 춘의 손목을 다시 이어 붙이고 구겨진 양발을 편 후 붉은 술을 한 방울 정수리에 떨어뜨렸다. 춘은 다시 발딱 일어나 신나게 마당을 뛰어다녔다.

그러고 나서, 화경은 관복 속의 거북에게도 물 한 바가지를 끼얹어 인간의 모습으로 바꾸어주었다. 메기수염은 깨벗은 몸으로 퍼질러져 주저앉았다가 관복을 주섬주섬 주워 입기 시작했다.

"저, 저, 화경 선생. 소생은 사례감의 장인태감이신 상지(尙之) 어른을 모시는 몸으로, 구어은(龜漁隱)이라고 합니다. 다름이 아니라 상지 어르신께서 꼭 선생께 부탁을 드리고자 하셔서 소생이 모시러 왔사오니 부디……."

"빈도(貧道)는 미욱한 몸인지라 오래전에 속세를 등졌으니 혜량하시기 바랍니다. 가르칠 제자가 보시다시피 천방지축이니 어디 걸음을 하기 어렵습니다."

"상지 어르신은 물론이려니와 대비마마께서도 바라시는 일입니다. 대비마마께서 선생께는 받을 빚이 있으니, 물러서지 않으시리라 하셨습니다."

메기수염, 구어은은 흙바닥에 공손히 고두한 채 힐끔 고개를 들어 올렸다. 화경은 마당을 여전히 빙글빙글 돌고 있는 춘을 물끄러미 바라보다가 선뜻 답했다.

"숙공 아씨가 그리 말씀하시면 별수 없지요. 걸음하기 전에 이야기나 들어봅시다. 방으로 오르십시오."

구어은은 춘과 부딪히지 않으려는 듯 몸을 웅숭그리고는 뒤뚱뒤뚱 걸어 마당을 가로질렀다. 섬돌에 신을 두고 방 안으로 오르자니 어은의 등 뒤에서 시선이 느껴졌다.

그는 뒤를 힐끔 돌아보았다. 열린 장지문 너머 마당한 가운데에서 우뚝 멈추어 선 춘이 눈을 반짝거리며 그를 바라보고 있었다.

"히익!"

그 악독한 계집애가 또 덤벼들까 싶어, 어은은 소맷자락으로 얼굴을 폭 감쌌다. 소녀가 달려오기 전에 장지문이 먼저 저 혼자 닫혔다.

"스승님! 춘이도 들을래! 스승님!"

장지문이 덜컹덜컹 흔들리는 소리를 들으며 어은은

화경이 내놓은 방석에 앉았다. 접대하는 사람도 없는데 둥그런 소반에는 어느새 더운 김이 오르는 꽃차가 놓였다.

"스승님!"

문이 우지끈 소리를 내며 양쪽으로 벌어졌다.

"문을 잡아 뜯지 말라고 했지요, 아춘."

화경은 평온한 어조로 말했다. 문을 뜯은 춘은 스승의 꾸중 따위 아랑곳없이 소반 위를 폴짝 뛰어 스승 곁으로 다가갔다.

"아춘. 대답을 하세요."

"응, 응, 앞으로 안 그럴게. 그러니까 춘이 고쳐줘."

"자꾸 이러면 나중엔 못 붙입니다."

"응. 스승님이 문 안 열어줘서 이런 거잖아."

화경은 한숨을 푹 쉬며 춘의 덜렁대는 손목을 다시 고쳐주었다. 춘은 냉큼 스승의 무릎에 털썩 주저앉더니 어은을 향해 거들먹거렸다.

"자! 어은이라고 그랬지? 잘 들어줄 테니까 스승님하고 춘이한테 할 이야기 다 해봐. 얼른."

어은은 고개를 절레절레 저으면서도 우선 품고 온 이야기를 풀어놓기 시작했다.

"재해산 길목에 큰 뱀이 나타나 사람을 잡아먹은

지가 벌써 이태 됩니다."

재해산은 옛적 박석산이라고 불렸다. 크고 작은 부침을 거쳐 나라가 들어섰다 망하고 또 새 나라가 들어서는 동안, 산은 유구하되 이름만이 여러 번 바뀌었다. 청경호가 말라붙고 응천이 쇠락해 인근 판도가 변했다고는 해도 재해산이 위로는 천하 대국으로 이어지고 아래로는 여러 포구와 이어지는 길목인 것은 예나 지금이나 매한가지였다. 오래 닦아놓은 길도 여럿이었다.

비가 오나 눈이 오나, 나라가 망하나, 하여간 오가는 사람은 끊이지 않았다.

"거기다 우리 태조께서 고초를 겪다 신령을 뵙고 천명을 받든 곳이 또 재해산 아니겠습니까? 뜻이 참 깊은 땅입지요."

어은이 괜히 으쓱거리다가 춘의 새카만 눈동자와 시선이 마주치자 얼른 또 말을 이었다.

"하여간 그 재해산에 어느 날부터인가 뱀 한 마리가 나타나 사람을 죽인다는 겁니다. 뱀은 흡사 산줄기 하나가 통째로 일어난 듯 실로 거대한데, 느티나무 숲 사이에서 고개를 쓱 내밀면 사람은 물론 날던 새들도 놀라 툭툭 떨어진다나요? 어디 뱀 소굴을 잘못 밟고는 해괴한 소문을 내나 싶어 병졸도 보내보고 관리도 보내

보고 제관도 보내봤사온데…… 도무지…….”

“그래서 누가 뱀을 봤습니까?”

“하이고! 어찌 아셨습니까? 목격자가 있는 걸 말입니다요.”

“제관이나 관리겠지요.”

“세상에나, 용하셔라. 거참, 저도 한때 선적 끄트머리에다 대가리를 들이밀었던 몸입니다만, 화경 선생은 과연 대단하십니다. 훤히 꿰뚫어보시고…… 천리안이 따로 없네.”

추켜세우려는 속셈 반 진심 반 섞어 어은이 연신 감탄사를 뱉었다.

“스승님, 어떻게 안 거야? 스승님 정말 천리안이야? 다 보여?”

“뻔한 것 아닙니까. 아춘, 기억해두세요. 도저히 핑계를 삼을 수 없는 인물이 목격자가 되어야만 누군가 움직이게 마련입니다.”

“도저히…… 핑계…… 아휴, 스승님. 무슨 말인지 모르겠어!”

“곰곰이 따져보세요. 아춘은 명석한 분이니 금세 아실 겁니다.”

화경이 빙그레 웃었다. 대놓고 달래는 소리라 어은

은 혀를 내둘렀다. 춘은 팔짱을 끼고 스승에게 턱 기대어 연신 입술을 삐죽거렸다.

"이야기를 마저 하시지요."

"아차! 네…… 그것이…… 그렇습니다. 제관이…… 크흠, 상선 영감의 종형제 뻘 되는 분인데, 아무튼 참 믿을 만한 분입니다. 그분이 지난 열닷샛날에 힘차게 나섰다가 아랫사람을 싹 잃고 혼자 돌아오셨습니다. 보셨다더군요, 뱀을. 참말 거대했다 하시더이다. 마침 보름달이 휘영청 떠서 비늘까지 낱낱이 번쩍거리는 통에 놀라서 간이 툭 떨어졌다면서…… 아, 그분 말고 그분의 아랫것들 말입니다. 허 참. 허 참."

"상선 태감의 종형제 뻘 되는 귀한 분이 보고 오셨으니 더는 모른 척하기 어렵겠군요. 뱀이 없다 주장하자니 아랫사람들을 잃은 죄를 설명할 방도가 없고."

"네, 네. 그렇습니다. 제가 또 여기 오기 전에도 뵙고 왔습니다. 참 건장하던 분이 그 새에 빼짝 말라가지고 삭정이처럼 부들부들 떠시더군요. 뱀이란 게 무시무시 하기도 하지. 그분 말씀으로는 재해산이 아예 통째로 그 뱀인 게 분명하니, 산길을 틀어막고 불로 확 지져야 한다나요? 허 참, 허 참……."

"야아, 대범한 수로군요."

"화경 선생, 놀리지 마십시오."

"놀리긴요. 빈도는 진심입니다. 이기지 못할 괴물이라면 태워 없애는 것이 상책. 못해도 중책은 되지 않겠습니까?"

"호선(狐仙)의 수제자쯤 되시는 분이 산을 태우라 하십니까요? 하이고! 그 말만으로도 죄 받으십니다."

어은이 못마땅한 얼굴로 다가앉았다. 화경은 무릎에 앉은 춘에게 소매를 맡긴 채 태연히 웃었다.

"산을 지워 없애나 개구리 한 마리를 집어 던져 납작하게 말려 죽이나 매한가지입니다. 이 화경은 죄 많은 인간이지요. 그 죄에 하나 보태 짊어지라면 그리하겠습니다."

"그런 말씀 마시고, 선생. 모쪼록 소생에게 홍진의 삶을 주셨듯이 이번에도 좋은 수를 내주십시오."

"산을 태우라니까요."

"선생도 그 산하고는 연이 깊으시면서 어찌……"

"그 뱀을 잡지 아니하는 데는 다른 연유가 있으시지요? 업이니 죄니 핑계를 대며 남의 손을 빌리는 그 의뭉스러움이 산을 태우는 것보다도 큰 죄입니다."

어은이 웅얼거렸다.

"대비마마께서 말을 삼가라 하셨습니다. 왜 이러십

니까, 선생. 다 아시지 않습니까?"

"빈도에게 별다른 수가 없어 드리는 말씀입니다. 태워 없애는 것이 상책."

화경은 아주 어린 모습으로만 뇌리에 남은, 대비 숙공을 떠올렸다.

소열국 태조의 후비. 현왕의 계모.

숙공 아씨.

그녀는 망한 소선국의 현주(縣主)였다. 소선국 마지막 태자(太子) 미상(美祥)이 워낙 난봉꾼이었던 터라 슬하에 헤아리기 힘들 만큼 많은 자식을 두었는데, 숙공의 어머니는 넓적한 코에 더 넓적한 얼굴을 가진 여염 아낙이었다. 말하자면 천한 신분이다. 태자가 치맛자락에 짧은 글을 남겼기에 여자는 제 딸의 아비를 알았다. 그녀는 제 딸, 즉 숙공에게 이름을 얻어주려고 한 번 왕성에 올랐다.

꼭 한 번.

상주할 이름이 없어 허둥거리는 걸 누가 '바늘네'라고 적당히 썼는데, 결국 그게 그녀의 유일한 호칭으로 남았다.

기록에 따르면 그녀를 가엾게 여긴 대군겯이 나서서 모녀를 잠깐 돌보아주었다고 전한다.

숙공은 응달에 숨어 핀 꽃처럼 조심스레 자랐다.

그와 박자를 맞추어 소선국은 걷잡을 수 없는 파란을 겪었다. 왕이 시해되고, 재상과 장군이 여덟 조각이 나서 강과 호수에 떠오르고, 개구리 떼가 한꺼번에 울며 왕성 담에서 떨어져 내리고, 정전(正殿) 앞 월대에 시뻘건 달빛이 비치더라고 했다. 우물이 상하고, 땅이 상하고, 바람이 상하더니 상한 구름 아래 사람도 죄 상했다. 눈 달린 소선국 사람은 누구나 저희들의 나라가 썩어 문드러지다가 이내 톡 떨어질 것을 알았다. 한번 기울기 시작하자 달이 이우는 속도보다도 나라 망하는 속도가 빠른 듯 보이기까지 했다.

때를 맞추어 소열국의 태조가 등장한다.

소열국의 태조는 소선국 제니(濟泥) 땅 종지기 구씨가 늦게 본 막내였다. 그렇게 전한다. 어릴 적에는 이렇다 할 이름 없이 막둥이라고 불렸고 나중에 심마니 흉내를 낼 무렵엔 이름이 도라지였단다.

그는 몇몇 건달들과 함께 군역에 징발되어 제니 땅을 떠났다. 당시 이지를 잃고 욕심과 의심으로 눈이 흐려진 왕은 쓸모없는 전쟁을 남발했다. 생때같은 젊은이들이 이리저리 끌려가 덧없이 죽어버렸다. 도라지는 못 배웠지만 그래도 예감이란 게 있었다. 보나마나 끌려가서 화살받이로나 굴러먹다 죽으리란 걸 알았다. 당연히 별로 가고 싶지 않았다. 안 가면 죽으니 출발했을 뿐이다. 그렇게 안 그래도 걸음이 천근이고 그림자가 만근인 와중에 길까지 잘못 드는 바람에 박석산을 지나게 됐다.

'늦었다고 시비를 걸어 바로 모가지를 쳐버리는 게 아닐까.'

근심하며 산을 넘던 도라지는 소피를 보려고 바짓단을 풀다가 허연 끈 같은 것이 시야 끝을 휙 스치는 걸 발견했다.

흰 뱀이었다.

희고 가느다란, 연초에서 피어오른 연기 같은, 은핫물 귀퉁이에서 툭 터져 슬그머니 흐르는 별똥 같은, 쬐그만 뱀.

"저것도 어리석어서 죽을 길로 오누나."

뱀이 수풀로 사라지지 않고 유유히 기어 다가오는 걸 보며 도라지는 그렇게 중얼거렸다. 그깟 뱀이야 수태 잡아 죽였다. 심심풀이로도 잡고 먹으려고 잡고 괜히 잡고 짜증나 잡고 팽개치려고 잡고 놀라서 잡고 아무튼 도라지 눈에 띈 뱀은 항시 죽어 나갔다.

한데 이날만은 그가 뱀을 위해 쾌히 길을 터주었다.

대단한 이유도 없이 마음 가는 대로 발이 움직였을 따름이었다. 그러나 풀숲으로 매끄럽게 나아가는 뱀의 뒤꽁무니를 바라보는 사이 도라지는 자기 신세가 왈칵 서러워졌다.

'이대로 가봤자 괜한 트집이 잡혀 죽을 게 뻔한데, 나야말로 어리석어 죽을 길로 가는 게지.'

침을 탁 뱉고 나서 그는 앞섶을 추슬렀다.

지극히 자연스럽게도 생각 하나가 꼬리를 물었다.

'저 뱀처럼 쏙 하니 길을 건너가볼까. 나 같은 놈을 만나면 길을 터줄 것 아닌가.'

시야 끝을 스칠 때는 옷자락 같던 것이 이윽고 눈앞을 지날 때는 허연 뱀이었다.

생각 또한 그러해서, 처음 마음속에서 일어날 때는 작은 파문에 불과하던 것이 서서히 형태를 갖출 즈음에는 완연한 계획이고 주장이었다.

그의 시선이 땅바닥에 꽂힌 걸 알고 동행이던 건달이 물었다.

"어이, 자네. 무얼 보나?"

"흰 뱀 한 마리가 지나가기에."

"그게 왜? 여긴 원체 뱀이 많아. 박석산 요괴가 자리를 비워서 잡것들이 득실대는 게지."

거기서 끝날 것을, 도라지는 자기 마음이 신산한 탓에 거짓말을 내뱉었다.

"아니, 우리 고향 마을에선 흰 뱀이 상서로운 징조다."

"상서롭긴? 개뿔이! 겨우 성벽 보수나 하러 가는 처지에 상서는 어느 발가락에 가 붙었다더냐."

"여기 와 붙었고말고. 내 담이 큰 걸 꺼내 보여줄까? 이봐, 상서로운 징조를 허투루 놓치면 안 되지. 그러니 적당히 나라를 하나 세워보세."

"뭐라고? 나라를?"

'얼떨결에 건국한다'는 말이 없다면, 그때 만들었어야 옳다.

"나라를 못 만들 건 뭔가. 성벽도 무너지는데 나라야 뭐. 무너뜨리고 새로 세우면 그만 아닌가?"

"딴은 그래. 갈 길은 멀고 피차 차출당해 가는 신세."

"그래. 가서 죽느니."

"어쩌면."

뜻밖에도 허황한 꿈을 품은 자가 많았던지 몇몇 사람이 동조하기 시작했다.

"흰 뱀이 하늘을 대신해 계시를 주었다."

그렇다고 치자.

뒷말을 삼키고 앞말만 뱉자, 뱉어놓은 것만 꾸물꾸

물 퍼져 나갔다. 도라지는 검으로 나뭇가지 하나를 착 베어냈다. 연한 그 가지 하나와 더불어 그의 과거가 함께 잘려 나간 양, 도라지는 완전히 다른 인간이 되었다.

일이 되려면 콧바람에도 적의 성벽이 무너지는 법이다.

요행히 손에 굴러떨어진 빈 요새를 시작으로 우연이 우연을 불렀다. 주먹깨나 쓴다는 자가 머리깨나 쓴다는 자를 데리고 오고 마침 인근의 산적 떼에 세가 밀려 우왕좌왕하던 장수 몇이 도라지와 손을 잡았다. 단숨에 하얀 뱀이 증거한 영웅이라는 소문이 퍼졌다. 그를 따르는 이들도 금세 늘었다. 운수란 참으로 기이한 것이었다. 때가 선택하여 관을 씌워준 사람은 순풍을 만난 배와 같아서 정해진 항로를 유유히 타고 나아갔다.

도라지는 매번 얼떨결에 입성했다.

그리고 매번 얼떨결에 성주가 되었다.

자기가 왜 성주가 되는지도 모르고 그저 어영부영 등 떠밀리다 보니 성주였다. 다른 자들이 눈치를 보며 이 조그만 반역이 성공할지 어떨지 재는 틈에 뭘 잴 줄 모르는 도라지가 동그마니 성주의 의자에 남은 셈이었다.

'들통나는 게 아닐까?'

도라지는 자기 거짓말이 백일하에 드러나고 자기 목이 툭 떨어지는 꿈을 꾸었다. 식은땀에 절어 깨어난 날이면 하늘은 더 높고 푸르러서 그를 내리누르는 것 같았고, 옥을 깎아 만들어 붉은 비단을 깐 의자도 그저 촌집의 똥간처럼 징글맞았다.

'그때 그 뱀이······.'

그 하얀 뱀 한 마리가 도라지의 시야를 스치던 날을 떠올리며, 도라지는 박석산 아래 사당을 지었다. 밤잠을 설치고 홀로 사당을 기웃거리자니 희고 서느런 것이 또 한 번 그의 눈 앞을 지난 듯한 착각이 일었다.

'상서로운 뱀이시다.'

그때 그 뱀인 듯하여 이름을 붙이고 술을 부었다. 덕분인지 우연인지 그날부터 그는 잠을 잘 잤다. 사당에 술 붓는 걸 거르지 않고 백 일. 도라지는 고전했다. 나라의 절반이 이미 도라지의 수중에 떨어진 후였다. 잘 되던 일이 지지부진하고 쉽게 이길 자리에서 이쪽 요새가 비바람에 부서졌다. 막 골라놓은 장수가 죽고 빼돌린 밀서가 사라졌다.

도라지는 뱀에게 제물을 바치기로 했다. 눈을 돌리기 위함인지 아니면 진심으로 뱀을 모시는 마음인지 그는 몰랐다. 구분할 수 없었을뿐더러 구분할 필요도 없었다. 그는 장대비가 쏟아지는 날 싯누런 뻘에 가죽신 신은 발을 파묻고 뱀을 외쳐 불렀다.

젊은 여자를 바쳤다.

다음 날 하늘이 거짓말처럼 개고 소선국 태손이 포로로 잡혔다.

사람을 바치고 또 바쳐 가며 도라지는 이겼다. 시작이 뭐였든 이제 피와 뱀과 승리를 구분하기 어려웠다. 사람을 바쳐서 이겼는지 사람을 바치기 위해 이기려는지 그는 몰랐다. 어영부영 흰 뱀의 가호를 떠들던 순간과 하나도 다르지 않은 기분으로, 그는 소선국의 태자로부터 옥새를 빼앗았다.

상상한 적도 없는 월대(月臺)를 흙발로 올라, 도라지는 승전보가 성벽을 넘는 동안 우두커니 북면(北面)하였다. 아무도 그를 바라보지 않았다. 피에 젖은 옥좌가 비어 있었다. 그는 왕의 목을 가져온 용사를 치하하고 옥에 갇힌 태자 미상을 불렀다. 이제는 폐태자가 되어 목숨이 경각에 달린 남자를.

"딸을 내놓으시게."

그 말에 미상은 상처 하나 없이 멀끔한 얼굴을 찡그렸다. 그리고 딸은 죄 시집을 갔거나 너무 어리다고 답했다. 그때 숙공은 열두어 살. 내놓지 못할 나이도 아니었으나 기실 그는 숙공을 기억하지 못했던 것이다. 바늘네도 숙공도 이름을 받아 간 이후 한 번도 그에게 소식을 전하지 않았다.

"어리든 늙었든 상관없어. 곧 피 흘리고 죽을 거니까."

상서로운 뱀에게 제물로 바친다고 했다.

미상은 자신을 무릎 꿇린 남자의 말이 기가 막혔다. 제물이라니. 뱀이라니! 폐태자는 법도를 잊고 그만 도라지를 힐끔 올려다보았다. 그에게도 아비의 정은 있었다. 재빨리 머리를 굴려 사랑스러운 딸들을 하나하나 헤아렸다. 차마 아까웠다.

품에 끼고 보듬던 개 한 마리도 내놓으려면 가여운 법인데 제 핏줄임에랴.

"왜, 없다고는 못 하시겠지? 태자 전하. 아무 왕족 여인네라도 바칠까 하였는데 역시 공주가 좋아. 태자비를 달라 하기는 민망하니 어린 공주 하나쯤 천하를 위해 내놓으시게."

"차마, 차마, 그것이 차마……."

"아니면 뭐야? 그대가 친히 죽으려고?"

눈을 치켜뜬 미상은 도라지가 씩 웃는 광경에 얼굴이 붉어졌다. 네까짓 것이 그런 숭엄한 용기를 내겠는가 묻는 듯한 웃음이었다. 아니라고 답하고 싶은 욕망이 불쑥 치솟았다가 공포로 스러졌다. 미상이 시선을 떨어뜨렸다. 죽고 싶지 않았다. 못 들은 척 손끝만 바라보았다.

그리하여 태자 미상은 화려한 감옥으로 변해버린 동궁으로 돌아가서 가족들을 모두 불러들였다. 측근에 남았던 가엾은, 이제 어찌 생계를 유지하나 고민하던, 한때는 모두 나라 안에서 가장 귀한 신분이던 처첩들이 함께 머리를 짜냈다.

"그러고 보니 그, 왜, 하나 있지? 냉궁에 틀어박힐걸 그래도 먹고 살게 해준 그 아이 말이야."

모두가 기뻐 모처럼 웃었다.

"하늘이 무심하지 않으셔서 이런 수를 마련해두셨네!"

그에 미상이 신이 나서 대군겯을 불러 소식을 전했다. 숙공이 낙점받았다는 말에 바늘네는 무너지듯 엎어져 한참 울었다. 울다가 달려가서 차라리 저를 보내달라고 호소했는데 물론 그간 한번 얼굴 비친 적 없는 미상은 이번에도 만나주긴커녕 글줄 하나 보내주지 않았다.

그리하여 바늘네가 어찌하였는가 하면.

"……어찌하였는데?"

춘이 화경의 품에 기대 물었다. 화경은 웃으며 답을 감췄다.

"뱀을 태워야지 다른 수가 없다는 건 참말이야, 스승님? 그 거북이가 스승님 그림에 질질 끌려서 돌아갔잖아. 정말 다른 수가 없어?"

"골칫거리를 없애고 싶으면 자기 손에 피를 묻히든, 아니면 자기 피를 흘리든 택해야지요. 남의 피만 쏟으려 들면 끝도 없습니다."

"그래서 스승님은 신령한 뱀이 요괴가 되게 했어?"

"제가요? 왜 죄다 제 짓이라고 여기실까."

화경은 춘을 가볍게 안아 들고 방 바깥으로 나섰다. 손님이 들었나 난 흔적도 없이 사철 피는 복숭아 꽃이 향기를 풍겼다. 춘은 스승의 품을 벗어나 좋아라 뛰어다녔다. 보이지도 않는 향기를 쫓아 마당 끝에서 담장 끝으로. 나무와 나무 사이를 춤추듯 오갔다.

"뱀이 어디에서 왔는지 스승님은 알잖아? 그러면 스승님에게 책임이 있는 거지. 알면, 그런 거야."

"저는 모릅니다."

"거짓말."

춘이 우뚝 멈추어 화경을 향했다. 화경은 그림 족자 저편으로 혼자 숨었다. 춘은 화가 나서 족자를 떼어 내 이리저리 흔들고 휘두르고 하다가 둘둘 말아 쌀독에 푹 꽂아버렸다.

"쥐가 와서 쏠아도 춘이는 안 꺼내주어야지."

춘은 쌀독 앞에 주저앉았다. 그리고 스승이 장난스레 우는 소리를 하며 춘에게 도움을 청하기를 기다렸다.

"이봐, 이봐."

목소리가 쌀독에 꽂은 족자가 아니라 등 뒤에서 들렸다.

"이봐, 이봐. 거기 아리따운 종이 아씨."

춘은 휙 돌아보았다. 대문을 넘지 못한 거북이 뻐끔 거리고 있었다. 돌아간 줄 알았던 어은이었다.

"종이 아씨, 이야기를 듣고 싶지? 내가 해드리리다."

"무슨 얘기? 거북이 너 스승님이 알면 도로 영영 거북이 된다? 빨리 돌아가."

"뱀 이야기를 마저 하고 냉큼 가지요. 아씨, 이리 와 봐요."

어은은 아주 공손한 태도였다. 비굴하게 보일 만큼 곰살궂게 웃으면서 어은은 춘을 불렀다. 춘은 쌀독에 꽂은 족자로 손을 뻗었다가 망설임 끝에 거두어들였다.

'스승님은 고생 좀 해야 돼.'

그녀는 쫄래쫄래 어은을 향해 갔다.

화경 선생의 초막에서 멀어지기가 무섭게 그럴싸한 가마가 척하니 나타났다. 어은은 잔뜩 거드름 피우며 춘을 태웠지만, 춘은 가마가 얼마나 비싼 것인지 알 바가 아니었으므로 조금도 감탄하지 않았다. 어은은 가마꾼을 여럿 두고 부리는 일이 어떤 건지 구구절절 설명하고 싶었다. 그래도 꾹 눌러 참고 용건을 꺼냈다.

"자. 그러니까…… 종이 아씨, 잘 들으시오."

"응, 거북아. 듣고 있어."

"깩!"

가마꾼이 주워듣고 자기를 우습게 볼까 싶었는지, 어은이 짜부라진 개구리 같은 소리를 냈다. 그리고 주위를 두리번거리며 한껏 모가지를 웅크렸다.

"거, 거, 아무 데서나 거북이 거북이 하지 마시오! 내 이래 봬도 지금은 재상님을 모시는 몸으로 체면이라는 것이 있단 말이외다."

"거북인 거북이지 뭘. 거북이가 날더러 종이 아씨라고 해도 나는 화 안 나는걸? 넌 왜 화를 내?"

"글쎄, 그게……."

"넌 네가 거북인 게 싫어?"

"싫고 좋고의 문제가 아니오. 대저 인간이란 것들은 인간 아닌 걸 죄 우습게 본단 말이오."

"우습게 보든 말든, 좋든 말든, 뭐 어쩌니? 넌 거북이잖아."

"그건…… 그렇지요."

어은은 눈을 데굴데굴 굴리다가 주둥이를 쑥 빼놓고는 기어이 덧붙였다.

"아, 아무튼 하지 마시오. 거북이라고 하지 말란 말입니다. 남들 앞에서 그리 말씀하시면 안 된다는 것만 알아두시오."

"저런. 난 거짓말 못 해. 너도 하지 마, 거북아."

"에이, 참. 그 참."

구어은은 한숨을 푹 쉬었다.

'이리되면 별수 없다. 어디 번잡한 데 풀어놨다가 나만 곤란한 지경에 처하겠어. 곧장 재해산으로 가는 수밖에.'

그래서 그는 자기 상관에게 연통을 보내놓고, 곧장 행렬을 돌려 재해산으로 향했다.

"종이 아씨, 잘 들으시오. 이제 그 뱀 이야긴데 말입니다. 아씨는 이래저래 궁금하신 게 많지요?"

"응. 뱀 이야기 듣고 싶어. 스승님이 다 말씀해주지 않으셨잖아? 옛날에 바늘네라는 여자 딸을 제물로 바치게 되었다는 데까지 들었지. 그래서? 뭐 어찌 되었대? 바늘네는 딸을 바쳤어? 그 후로 뱀이 사람을 더 많이 먹게 됐을까?"

"그리 보채지 않으셔도 천천히 말씀해드리리다. 어차피 재해산까지는 한참이요."

어은은 다시 한번 주위를 살피며 입을 열었다.

"우리 소열국 대비마마의 돌아가신 어머님이 바로 그 분이십니다. 젊을 적에 바느질로 생계를 이어 '바늘네야 바늘네야' 이리 불리셨다더군요."

사연은 이렇다 한다.

＊

딸을 제물로 바치라는 명을 받고 바로 다음 날, 바늘네는 굳게 마음을 먹고 홀로 길을 나섰다. 별 뾰족한 수도 없는 채 저잣거리 소문에 의지해 겨우 찾아간 곳은 인근의 어느 성읍이었다. 박석산 호선(狐仙)의 거처였다고도 하고 검선(劍仙)으로 이름난 녹주 신녀의 고향이란 소문도 도는 곳이었는데 당시에는 상당히 번성하여 매일같이 사람으로 넘쳤다.

흥청망청 장이 서고 뒷골목에서 세상의 온갖 귀하고 희한한 것이 다 굴러다니는 성읍에서 바늘네는 사흘을 헤매다가 화경 선생을 만났다.

그녀는 냅다 엎드려 화경 선생의 옷자락에 매달렸다. 생명줄처럼 붙들고는 빌었다. 하늘과 땅과 북두와 남두와 모든 물것과 나락에 떨어진 여우 신령에게 빌고 또 빌었다. 사라진 영명국의 마지막 왕후였다던 녹주 신녀의 이름을 입에 올려가며 정에 호소하고 야박하다 을러대며 눈물을 쏟았다.

"쇤네 듣기로 높은 분들은 말로써 발이 묶이고 말로써 빚을 지며 말로써 차마 뿌리치지 못하여 한 번 돌아본다 하더이다. 쇤네가 욕심을 부리고자 이리 귀한 분을 괴롭히는 것이 아니오며, 다만 어린 딸의 목숨을 구하고저 함이니 자비를 베풀어 주사이다."

바늘네가 화경 선생에게 수를 내달라 그리 간절히 빌었으나, 선생은 청을 거절하였다 한다. 딸을 구할 방법이 더는 없구나 싶어 넋을 놓은 그녀를 보고, 근처의 어떤 자가 딱하게 여겼던지 주전부리를 나누어주면서 꾀를 내었다.

"이 보오. 경열공(景說公) 같은 호걸이라면 힘없는 여인네를 가엾게 여길 줄 아실 테니, 한번 호소해봄이 어떠오?"

경열(景說)이라 함은 도라지가 그즈음 얻은 이름이
었다. 글깨나 배웠던 이들이 구 씨, 구 아무개, 도라지,
하고 마구 부르기엔 도라지가 제법 높은 자리까지 오
른 탓이었다.

"어찌하라는 말씀이십니까? 쇤네가 나아가 빌어도
어디 높은 분들이 귀를 기울여주셔야지요. 그림자 한
번 못 보고 물러 나온 참입니다."

"따님을 바치려면 한번은 어전에 나아가지 않겠소?
그때 어린 딸을 두고 우선은 초상을 하나 그려서 가시
구려."

"초상이요? 그림 말씀이십니까?"

"그렇소. 이리 마주친 것도 인연이니 복덕을 짓는
셈 치고 도와주리다. 마침 초상을 그릴 만한 이를 내
가 잘 아오."

이름이 알려지지 않은 그이 덕분으로 바늘네는 딸
의 초상을 얻었다.

그리고 반신반의하며 도라지에게 나아가 초상을 바
치며 다시 한번 읍소하였다.

"쇤네의 아이는 이리도 어립니다. 그러하니 딸을 대
신해 쇤네가 박석산으로 가게 해주사이다."

도라지가 제아무리 피도 눈물도 없는 정복자라 하여도 어린 계집애의 초상을 두고 보니 마음이 움직였다. 하기야 등 떠밀려 창칼을 쥐기 전까진 그도 순박한 촌백성이지 않았던가.

"저런. 아비의 정도 제대로 받지 못하고 이름만 왕족으로 자란 계집애라니, 가엾구나."

그리하여 도라지는 초상을 받고, 대신 바늘네를 뱀의 제물로 보내주었다.

✳

"……그래서 우리 대비마마께서는 내도록 선생을 원망하셨다 합니다. 어찌하여 화경 선생께서는 한번 정을 베풀지 않으셨단 말인가? 어찌 홍진에 발 묶인 선인으로서 차라리 마음 한번 돌리지도 못하셨던가? 하고 말입죠."

춘은 어은이 한숨을 푹 쉬며 말을 멈출 때까지 얌전히 그의 이야기에 귀를 기울였다. 어은은 자기 이야기 솜씨가 제법인 모양이라고 내심 사화자찬하며 어깨를 으쓱거렸다. 춘이 한참 만에 입을 열었다.

"그래서?"

"네?"

"그래서? 뱀이 바늘네를 먹었어? 뱀이 왜 사람을 먹는데? 왜 다시 나타났는데? 이태 전부터 나타났다고 했잖아. 그 전엔 괜찮았던 거지? 한참이나 괜찮다가 왜 또 나타나서 사람을 잡아먹어? 그전에도 그랬어? 그전엔 뱀이 달라고 안 했는데도 누군가 사람을 막 갖다준 거지? 그랬지? 그런데 이제는 왜……."

"아이고, 머리가 아프니 조용히 좀 해보시오. 종이 아씨. 그건 중요한 게 아닙니다. 중요한 건 뱀이 다시 나타났고, 사람을 해치고, 그러니 그놈을 잘 달래서 없애야 한다는 겁니다."

"스승님이 산을 태워버리면 된다고 했잖아. 태우면 안 돼?"

"안 됩니다!"

어은이 손사래를 쳤다. 춘이 영 불만스러운 얼굴로 쳐다보자, 그는 흡사 큰 은혜라도 베풀 듯 은근한 얼굴로 춘을 바라보았다.

"그리 궁금한 게 많으시니, 이건 어떻습니까? 종이 아씨."

사실 그는 춘을 가마에 태울 적부터 이럴 작정이었다.

"아씨께서 친히 재해산으로 가서서 뱀을 만나보시는 거요. 직접 궁금한 걸 죄다 물어보시면 되는 거 아

178

니겠습니까?"

춘은 고개를 갸웃거리다가 가마가 우뚝 멈추어 서
는 순간 자리를 박차고 일어났다.

"세상에! 그러면 되겠다, 거북아! 너 되게 똑똑하구나?"

춘은 손뼉을 치며 활짝 웃었다.

어은도 메기 닮은 얼굴로 해쭉 웃었다.

화경 선생을 끌어내 뱀 문제를 해결할 수는 없었지
만 꿩 대신 닭이라고, 선생의 제자를 끌어다놓았으니
이제 상지 어르신도 면이 설 터였다.

'주인의 복은 하인의 영광이라 하였다.'

아니, 그 반대던가?

어은은 잠깐 고개를 갸웃거리다가 이내 아무려면
어떠랴 싶어 히쭉 웃었다. 결국엔 다 좋게 끝이 날 터이
고 그는 더욱 인간답게 재물을 누리게 되리라.

큰 재물을.

'그러면 금으로 거북을 만들어야겠어.'

그러는 사이 가마는 무사히 재해산 기슭에 닿았다.
요사한 뱀이 나와 사람을 먹는다는 소문이 퍼진 탓인
지 산 아래 마을은 뒤숭숭했다. 관에서 나온 병졸들이
어귀에 도열하여 눈을 빛냈다. 그 삼엄한 가운데로 천
천히 들어선 가마에서 면화를 신은 통통한 발이 툭, 튀

어나왔다. 어은이 어기적어기적 내려서서 손짓하자 새로 돋은 버들잎 같은 소녀가 따라 내렸다.

춘이었다.

어은은 싸늘한 시선 속으로 춘을 떠밀어놓았다.

"들으시오, 아씨. 이제 홀로 산으로 드실 거요. 우리가 다 여기에서 단단히 지켜드릴 터이니 걱정 말고 가시구려. 해가 뉘엿뉘엿 지면 뱀이 툭 튀어나올 터이니 놀라지도 마시고."

"안 놀라."

"커다란 뱀을 만나면 무서우시겠지만 사람을 잡아먹는 것만은 아니니 너무 떠실 것 없소."

"안 떨어."

뱀이 사람을 해친다는 말을 백 번쯤 했던 주제에 어은은 의뭉을 떨었다. 춘은 어차피 좀 찢어진다고 죽는 것도 아니다 보니 어은의 말을 내내 흘려듣던 참이었다.

"뱀은 반드시 사람의 이름을 묻고, 눈을 물끄러미 들여다보고, 그리고 팔을 물어뜯는다고 합니다. 그사이에 뭐라 말을 한다는데, 그걸 온전히 기억하는 이가 없답니다. 다들 크게 놀라 그렇습죠. 사람이 어쩌고저쩌고, 뭐 그런 소리일 게 뻔합니다."

180

어은이 헛기침하며 몸을 낮추었다.

"아씨, 그 요물이 번잡스레 뭐라 뭐라 지껄였을 터인데 실은 우리 나리께서 그걸 궁금해하십니다. 알면…… 알면 뭘 할 수 있겠지요. 그…… 방비를 할 수 있을 겁니다. 하니 그걸 알아 오십시오."

"내가?"

"아씨가 아니면 뉘가 합니까? 아씨만 혼자 들어가시는 거라니까요. 거참, 그새 잊으셨구만."

"안 잊었어. 그런데 꼭 뭘 알아 와야 해? 안다고 뭘 해. 알면 인연만 엉키는 거라고 우리 스승님이 그랬어."

"그러는 아씨도 뱀에게 궁금한 게 많아 여기까지 오신 게 아니오?"

"그렇지. 그러니까 하는 말이야. 나도 뭘 알려다가 인연이 엉켰잖아? 거북이랑도 만나고 여기 사람들도 잔뜩 만나고. 이제 뱀도 만나겠지. 음…… 그러고 보니 이미 다 엉켰구나?"

춘이 눈을 휘둥그레 떴다.

화경은 그녀를 데리고 바깥나들이 한번 하지 않았다. 그림 속에서 불러낸 그녀는 쉽게 망가졌고, 화경은 온갖 도술로 뒤덮인 집에서도 몇 번이나 그녀를 고쳐주어야 했다. 누군가를 만나고 아는 일은 그림에 불과

한 춘을 쉽게 상하게 하는 길이라고, 화경은 누누이 이르곤 하였다.

"기왕지사 이렇게 된 거 어쩔 수 없지, 뭐. 거북아. 내가 가서 뱀한테 물어봐줄게. 사람들한테 뭐라고 했는지 말이야."

"아이고! 이 거북이 마음이 참 든든합니다. 은혜를 잊지 않겠소, 아씨."

춘이 흔쾌히 답해준 게 얼마나 좋았던지, 어은은 자기를 거북이라고 칭하기까지 하였다.

벌써 모든 문제가 해결되기나 한 양 기뻐하는 무리를 등 뒤에 남긴 채, 춘은 걸었다. 그녀의 자그마한 몸이 금세 숲 그늘 사이로 사라졌다.

그녀는 걷는 동안 어은의 말을 되새겼다.

— 사람의 이름을 묻고, 눈을 물끄러미 들여다보고, 그리고 팔을 물어뜯는다고 합니다.

뱀은 왜 사람을 바라볼까?

왜 나타나서 사람을 먹어 치울까?

"맛있나? 맛이 그리 좋을까?"

춘은 이따금 이끼와 돌과 나무뿌리가 만나는 지점에 멈추어 서서 골똘히 생각에 잠기곤 했다.

"참 배가 고프면 그리되나? 스승님이 안 계시니 물

어볼 수가 없네. 아이참."

이럴 줄 알았으면 그림 족자를 떼어내서 댓돌에 살짝 엎어 놓기만 할 걸 그랬다.

돌돌 말아 쌀독에 처박기까지는 하지 말 것을.

춘은 아쉬워서 입맛을 다셨다.

"……왜 뱀은 여기 사는 걸까? 왜 그렇게 오래 살지? 스승님도 왜 계속 살면서 왜 계속 묻는 거지? 춘은 잘 모르겠어."

춘은 궁금했다.

알고 싶었다.

보고 싶었다.

이야기를 듣자 궁금해서 몸이 달았다. 안다는 건 인연이 엉킨다는 것. 그 말은 참이었다. 어차피 자신은 진짜 인간도 아니고, 종이에 그린 그림에 불과하다. 죽지 않으니 두렵지 않았다.

두렵지 않으니 호기심은 온전하게 밝은 색채로 반짝거렸다.

그리하여 그녀는 뱀에게 갔다.

하나 예상과 달리 뱀을 만나는 일은 그리 쉽지가 않았다.

덩굴에 엉킨 잎사귀만 보아도 뱀인가 하여 기웃거

리고, 나뭇가지 사이로 구름이 스쳐도 뱀인가 싶어 망설이느라, 춘의 걸음은 더없이 느렸다. 결국 하루 밤낮을 헤매다 겨우 낡은 사당을 발견했을 때쯤에는 그녀도 어지간한 움직임에는 질려 거들떠보지도 않았다. 호기심이 지나치게 많은 그녀를 염려해온 화경이 보았더라면 복잡한 표정을 지었을 것이다.

춘은 지쳤다. 큰 요괴 덕분인지 산은 기괴하리만큼 고요했고 산토끼 한 마리 보이질 않았다. 이윽고 밤이 찾아와 시야가 막혀버리자 그녀는 사당 바람벽에 기대앉아 어깨를 감쌌다.

'아이, 심심해. 재미없어.'

끼니를 챙기지 않아도 허기 따위는 느낄 리 없는 몸이건만, 괜히 속이 허했다.

그녀는 주위를 두리번거렸다. 근처에 어째 허여멀건 것이 보이는 듯도 싶었지만, 또 무슨 너럭바위 같은 것이겠거니 하고 지레 짐작해버렸다.

"뱀이고 뭐고 없구만, 뭘. 거짓말쟁이 거북이."

춘은 낡디낡은 사당 안을 흘끗 들여다보았다.

쑥대밭이 된 내부에 찢어진 천과 썩어가는 제단이 보였고, 그 곁에 밤보다 더한층 검은 것이 고여 있었다. 춘은 사당 안으로 기어 들어갔다. 검은 것이 스르르 몸을 풀자 하얗고 반질반질한 것들이 오그르르 흩어졌다.

뼈였다.

희고 반들거리는, 무수히 많은 뼈.

춘은 그것을 하나 주워 들고 오래도록 들여다보았다. 맡아본 적 없는 냄새가 훅 풍겼다. 뱀 냄새였으나 그녀는 그게 뭔지 몰랐다. 모든 관심이 뼈에 들러붙었다. 정적 속에서, 밤보다도 검은 어둠 속에서, 춘의 눈동자 역시 닦아놓은 조약돌처럼 반들거렸다.

그녀는 고개를 들었다.

코앞에 뱀 대가리가 보였다. 누런 눈동자가 수정 같은 피막에 싸여 빛났다. 춘은 뱀을 대신해 제가 눈을 한 번 끔벅거렸다. 어둠 속에서 소리도 없이 몸을 빼낸 뱀은 눈이 부실 정도로 새하얀 색이었다.

"왔구나."

뱀이 말했다. 사당 안쪽 그늘에서 무언가를 하나 돌돌 싸매고 있던 뱀이 거대한 몸뚱어리를 스르르 풀었다.

"너는 너냐? 아니면 너 역시 잠깐 찾아온 사절이냐? 나는 더는 그림을 그리지 않는다. 실은 글을 쓸 수도 없어. 나는 거짓말을 했지. 한참 기다렸다. 오래 사는 신령한 생물인지라 언제까지고 기다릴 테야. 다만 지루하여서, 그래, 기다리지 못하여서가 아니라 그저 조금 궁금해서, 그래서 묻는 거란다."

사악사악 소리가 났다. 뱀의 몸뚱이가 스륵스륵 기어 춘을 감아올렸다. 빙글빙글 돌아 아주 은근하고도 매끌거리는 비늘이 춘의 손등을 조심스럽게 쓸었다. 그리고 보기보다 교묘한 움직임으로 꼬리가 다가와 춘의 손아귀에서 뼈를 가져갔다.

"대답을 아니 해줄 것이냐? 혹시, 네가 바로 '내 아기'냐? 응? 도사 놈에게 물어 진짜 몸을 가져온다 하였잖아? 이제 올 때가 되지 않았니? 내가 또 서둘렀더니? 응? 대답 좀 해주렴."

흰, 뾰죽한 대가리가 춘의 이마에 톡 닿았다. 춘은 그것이 응석을 피우는 양 여겨져서 저도 모르게 손을 뻗어 눈 아래 비늘을 어루만졌다. 차갑고 끈적거리는, 동굴 속 이끼 낀 바위 비슷한 감촉이었다.

"뱀은 말이 많구나. 심심해서 그래?"

"아. 드디어."

뱀이 살짝 웃었다.

"드디어, 대답을 해주는구나. 내 아기야!"

내 아기!

그 울림이 하도 희한해서 춘은 눈을 둥그렇게 떴다.

"춘이는 아기가 아니야! 스승님은 아춘이라고 부르지만, 사실 춘은 다 컸는걸!"

"내가 오래 살았으니 너희는 다 아기란다. 그래, 하지만 참 오래 기다렸구나. 겨우 대답을 해주는 이를 만났어. 아니, 아니다. 그리 오래는 아니었어. 실언이란다. 나는 잘 기다리는 이니까. 다만 아기에게 거짓말을…… 거짓이 아니야, 허풍. 허세, 그래, 허세를 부렸지. 아기야. 나는 실은 글을 몰라. 글을 몰라서 읽지 못했어……."

"나도 글을 잘 모르는데. 아, 조금 몰라. 다 모르는 건 아니야. 근데, 스승님이 그러는데 배우면 된대."

"스승?"

"응. 우리 스승님. 내가 쌀독에 처박아놔서 나중에 혼날지도 모르지만. 음, 근데 뱀아."

"역시 너는 내 아기가 아니구나."

뱀이 매우 실망스러운 듯 대가리를 푹 떨어뜨렸다. 녀석이 도로 그늘 속으로 되돌아갈까 싶어, 춘은 얼른 외쳐 불렀다.

"뱀아, 들어봐봐."

"그래. 말하렴."

"날 먹을 거니?"

그 말에 뱀은 쉭, 하고 불쾌한 소리를 냈다. 그리고 춘을 감았던 몸을 느슨하게 풀어주었다.

"신선이 되려면 업을 쌓아선 아니 되는 법이다. 한즉, 나는 사람을 해치지 않는다."

뱀은 심지어 우쭐거리기까지 했다. 춘은 바닥에 주저앉아 거대하고 흰 생물이 다시 시커먼 어둠 속으로 파묻히는 광경을 지켜보았다. 녀석은 사당 한구석을 차지하고 앉았다. 반들거리는 뼈 무더기를 아무렇게나 툭툭 쳐내면서도, 무언가 희고 둥근 것 하나를 알처럼 소중히 품은 채. 사위가 하도 어두워서, 녀석의 대가리만 어둠 속에서 쑥 떠오른 것처럼 보였다.

"새로운 아가. 내 차례다. 좀 알려다오. 내 아기는 언제 온다던?"

"네 아기가 누군데?"

"내 아기는 내 아기란다. 종이 인간이었지. 진짜 모습은 못 보아서 몰라. 오면 알아볼 수 있을 거다. 백 년도 안 지났으니까. 바로 어제 같은걸."

"나는 그런 거 몰라. 아무튼 뱀아, 너는 그럼 사람 안 먹는 거지?"

"아무렴."

그 말에, 춘은 미간을 좁히고 쫑알거렸다.

"그럼 여기서 사람 잡아먹는 건 어느 뱀이야? 거북이가 가서 물어보고 오랬는데."

"이 산에 뱀은 나밖에 없는데 무슨 헛소리냐? 나는 신선이 될 요량이니 사람을 해치지 않아."

"그치만…… 눈을 이렇게 쳐다보고 뭘 묻고, 그리고 팔을 물어뜯는다던데? 그게 너 아니니?"

"팔."

뱀은 겨우 알아들었는지 대가리를 좀 더 빼내어 춘과 시선을 맞추었다.

"아가가 보낸 사절인가 싶어 몇 녀석에게 물어는보았지. 종이 인간들이 많기에 그 팔을 물어 먹고 물감을 얻은 적은 있단다. 아가에게 뭐라고 써두려고."

끝이 갈라진 혀가 춘의 손등을 두들기다 손목을 한번 핥았다.

그리고는, 바로 이렇게! 하고 말하듯, 뱀의 주둥이가 쩍 벌어지더니 춘의 손목을 콱 깨물었다.

그럴 리가 없건만 춘은 뱀이 자신의 손목을 문 채로 씨익 웃었다고 생각했다.

찌익.

날카로운 소리와 함께 춘의 손목이 찢겨나갔다. 타

는 듯한 통증이 그녀를 꼬챙이 꿰듯 확 뚫고 지나갔다.

"아아아아악!"

춘은 그대로 고꾸라졌다.

아파! 아파아파아파아파아파! 아파!

찢겨나간 부위가 태워버린 종이 가장자리처럼 거멓게 물들어가기 시작했다. 뱀은 눈물을 줄줄 흘리는 춘을 내려다보면서 제 쪽이 더욱 당황한 듯 어쩔 줄 몰라 외쳤다.

"왜! 어, 왜? 어째서? 어? 어! 어어! 어! 아가! 어, 어째서? 어째서…… 어째서 너는 먹도 물감도 흘리지 않지? 왜?"

아무 대답도 못 하고 고통에 벌벌 떠는 춘의 이마 위로, 뱀의 서늘한 숨결이 내려앉았다.

"아가…… 그러면 네가 바로 진짜 인간이니?"

춘의 의식이 푹 까라졌다.

'스승님…….'

뱀은 춘의 몸뚱이를 대가리로 툭툭 치고 꼬리로 한 번 감아올렸다가 툭 떨어뜨렸다. 처음 떨어뜨릴 적엔 마른 나뭇가지처럼 제법 묵직하던 것이, 두 번째 떨어뜨릴 적엔 넓적한 이파리처럼 가량가량하였다.

찢겨진 탓에 그림으로 되돌아간 것이다.

"잠들었니? 아가야. 거참 이상하구나. 왜 네게서는 먹도 물감도 떨어지지 않는 게냐?"

뱀은 나동그라진 춘을 지그시 내려다보았다.

인간이란 정신을 잃으면 살짝 깨물어서 깨우면 된다고 했다. 뱀에게 그걸 가르쳐준 것은 바로 뱀이 아직도 기다리는 그 '아기'였다.

"미안하구나. 아가. 너를 좀 더 상하게 하마. 하지만 아주 살짝 깨물 거란다."

뱀은 기어가서 구겨진 팔을, 이미 종이로 돌아간 그 것을 혀로 한 번 건드렸다. 혀끝에 먹이 묻어 나왔다. 비로소 뱀은 다른 것을 떠올렸다.

"아가. 너는 혹 진짜 인간이니?"

당연히 춘은 대답하지 못했다. 팔이 떨어진 부분부터 검게 물들어가던 몸은 이제 반 넘게 종이로 변해버려, 목소리는커녕 온기조차 날아간 지 오래였다. 뱀은 춘의 납작한 몸을 더 핥는 대신, 소중하게 품고 있던 둥그런 것을 가져와 데굴데굴 굴렸다.

알이 아니라, 희고 둥글고 오래된 해골이었다.

뱀이 해골의 가장 둥근 부분을 핥자 먹 자국이 남았다.

"너도 대답을 하지 않을 모양이구나. 어찌하여 아무

도 내게 알려주지 않는단 말이냐? 내 알고 싶은 것은 다만 내 아기의 행방이거늘."

해골 위의 먹 자국은 꼭 어지러운 발자국 같았다.

그러나 참으로 이상한 먹 자국이었다. 그간 '아기'의 행방을 알기 위해 말을 붙여보았던 자들은 하나같이 좀 더 질척하고 새빨간 먹을 흘렸건만, 이번에는 밟힌 솔방울이나 타고 남은 가을 풀 자리 비슷한 흔적만 남았을 뿐이었다.

"아가."

듣는 이 없어 이미 '흔적' 외에 아무것도 아닌 자리를 내려다보면서 '내 아기야' 하고 속삭였을 때, 등 뒤에서 낯선 목소리가 울렸다.

"산을 그대에게 넘길 적에 바란 바는 오로지 안녕뿐이었거늘, 무슨 연유로 이리 파란을 일으키십니까? 재해산의 공자여. 하얀 뱀 나리여."

"누구냐."

뱀은 목소리가 들리는 방향으로 고개를 돌렸다. 문도 창도 없는 벽에서 난 작은 틈이 달빛을 토해냈다. 빛줄기는 올곧게 뻗어 뱀의 꼬리를 비추었다. 뱀은 그것이 간지러워 꼬리를 치웠다. 산에 찾아 들었던 사람들의 팔을 물었을 때 흘렸던, 예의 그 붉고 질척한 '먹

자국'이 거기 있었다.

'먹 자국'은 붉고도 느꺼웠다가, 이제는 말라붙어 흙바닥과 별반 다르지 않은 색깔로 변했다.

먹 자국이란 항상 그랬다.

물감도.

뚝뚝 흘러내리고, 천천히 마르고, 그리고 썩어버렸다.

'아가'도 그랬다.

뱀이 옛일을 조금 전 일처럼 떠올리는 동안 달빛은 고였다. 낡은 사당의 고즈넉한 바닥 위에 고인 빛은 조금씩 둥글어지더니, 꾸물거리며 부풀어 올랐다.

"처음 뵙습니다. 백사 나리."

화경이었다.

"누구냐? 너도 종이 인간이냐? 아니면 내 아기가 보내서 왔더냐?"

"나리께서 찾는 분을 모셔 왔사오니, 대신 빈도의 몫을 돌려받고자 합니다."

"오, 비로소 내 아기가 왔느냐?"

뱀은 반색하였다. 화경은 몸을 물렸다. 신선의 그늘에 숨었던 여자가 접선으로 반쯤 가렸던 얼굴을 천천히 드러내었다. 달이 수줍어 서둘러 이울 만큼 아름답고, 가을 국화가 두려워 재빨리 시들 만큼 우아한 여자였다. 둥그스름하고 흰 이마는 옥돌 같고 새치름한 눈매는 뒤집어놓은 한 조각 조각배 같은. 작약에 모란을 더하고 첫 봄비를 보탠 듯한. 그야말로 불세출의 미인이었다. 늘씬한 키에 소박한 흰 의복을 걸치고 옥색 표대를 허리에 맨 그 여자는 고상하고도 연약해 보였으며, 길게 늘어뜨린 머리카락은 잿빛이 섞였으되 얼핏 창백한 신월을 연상케 하였다.

매초롬한 그 눈매는 붉었다.

여자는 나이 들었고, 이제는 오래 걷는 것이 힘에 부치는 듯하였으나, 그럼에도 불구하고 태어나 한 번도 미색을 잃지 않은 사람 특유의 신산한 오만함으로 무장하고 있었다.

뱀은 한참이나 여자를 들여다보았다. 여자도 뱀을 지그시 응시했다. 다른 인간들처럼 두려워 떨지도 않았고 낯설어 도망치지도 않았다. 여자가 뱀에게 건넨 것은 오히려 오래 품어 온 증오로 벼려진 시선이었다.

뱀은 고개를 저었다.

"내 아기가 아니구나. 그러나 비슷한 냄새가 난다. 너는 누구냐?"

"당신이 해친 이의 딸이외다."

답하며, 여자는 형형한 눈을 더욱 부릅뜨고 당장이

라도 혀에서 검을 뽑아내 상대를 찔러버릴 듯 날카롭게 덧붙였다.

"하도 많은 사람을 해쳐 기억이나 하실지 모르겠군요."

"모른다. 나는 사람을 해치지 않아. 그러면 업이 쌓여서 등선할 수 없으니까 말이다."

"여기에 술을 부으며 같이 바친 처녀가 수십 명은 족히 넘을진대, 어찌 거짓을 고하시오?"

여자는 세상에서 가장 우스운 이야기를 들은 양 파안대소하였다. 화경은 한 걸음 곁에서 뱀을 찬찬히 살펴보았다. 그의 반듯한 표정이 일그러졌다.

'뭔가가 잘못되었구나.'

사실 춘을 멋모르는 아이로만 본 것이 단초가 되었다.

난만하기가 한 철만 사는 꽃 같은 것이 춘이었다. 겹채송화처럼 화사한 얼굴로 온갖 심술이며 장난을 쳐대는 걸 귀엽게만 보아왔더니, 오늘은 기어이 스승을 화폭에 슬쩍 가두기까지 할 줄이야. 화경은 화폭에 갇혀 쌀독에 거꾸로 꽂히는 수모를 겪고도 잠깐은 느긋하였다. 그 몹쓸 거북이 근처를 배회하다가 이때다 싶어 순진한 아이를 꾀어갈 줄은 몰랐다.

아까운 쌀독을 깨뜨리고 젯상에나 올리려고 오래 모았던 낟알을 사방으로 흩뜨리면서 겨우 놓여난 화경은, 구어은이 춘을 홀랑 집어 사라진 것을 발견했다. 기가 막힌 나머지 짜증도 나지 않았다. 갖은 고생 끝에 그림에서 불러내 겨우겨우 사람 꼴을 좀 갖추는가 싶었더니 세속의 독기를 쐬어 다 망칠 판이었다.

"처음부터 그 거북이도, 아니 애당초 딸을 그려달라는 청원도, 들어주는 게 아니었다."

불평하며, 그는 곧장 산을 내려왔다. 그리고 소열국 왕궁에서도 구중심처라는 대비전으로 날아들어 따졌다.

"숙공 아씨에게는 빈도가 별다른 빚이 없는데 어찌 이리 잔혹하게 구십니까?"

나비로 변했던 몸을 툭툭 털어 내고 본디 모습으로 하소연을 늘어놓자, 무료한 얼굴로 기대앉았던 숙공이 자세를 바루며 쏘아붙였다.

"화경 선생인가? 당신이 만약 본궁의 가엾은 어머니를 도와주셨더라면 이런 일이 없었을 게요."

"빈도가 무엇을 더 도와드렸어야 합니까? 숙공 아씨, 빈도는 당신네가 저 좋을 대로 떠들어대는 걸 모르는 척해왔습니다. 충분히 관대하지 않습니까?"

"하, 잘난 도사 나리를 두고 누가 그리 혀를 놀렸다고 그러시는지?"

"빈도는 숙공 아씨께 그저 인연의 도리(道理)를 다

할 뿐, 갚아야 할 빚이라곤 전연 없습니다. 그런데 아씨의 수하가 제 귀인을 훔쳐 갔으니 애석한 일입니다. 빈도가 그이를 꼭 돌려받아야겠으니, 아씨께서 동행해주십시오."

"어디로?"

"아씨의 백성들이 줄줄이 울며 넘었던 산으로 갑니다."

"본궁의 가여운 어미가 뱀 요괴에게 잡아 먹힌 그 산으로? 좋소, 갑시다. 가서 그 뱀의 대가리를 쪼개놓아야겠네."

'그리하였는데.'

화경은 창백한 얼굴로 뱀을 돌아보았다. 그 곁에 죽일 듯이 눈을 빛내며 선 숙공이 보였다.

'크게 잘못되었구나.'

게다가 남은 방법이 별로 없었다. 그는 숙공이 마음에 걸렸다. 안다는 것은 결코 좋은 것이 아니었으므로. 앎이란 다만 더 많은 죄의식과 더 복잡한 인연의 연쇄에 다름 아니었으므로.

그런데도 방법이 더 없었다.

뱀은 이미 춘을 물어뜯었다. 찢긴 종잇조각은 대개 적당한 처치를 하여 붙이면 그만이었으나 범상한 인간이 아니라 오래 묵은 요괴에게 당한 탓에 문제가 컸다.

요괴의 독이 춘의 몸뚱이를 잠식하여 그녀는 이미 이지를 잃었고, 먹 자국만 남고 말았다. 화경은 그녀의 먹이 옮겨 묻은 해골을 바라보았다.

— 다정도 병인지라 네가 반드시 후회할 날이 올 게다. 감히 누구를 돕겠다 나서는 것조차 교만일진저. 어찌 그것을 알지 못하느냐? 화경아.

스승의 목소리가 머릿속을 울렸다.

화경이 뱀과 숙공을 나란히 돌아보며 청했다.

"짓지 않은 죄로 손을 적신 것은 피차일반이니, 죄의 시말을 함께 보러 가십시다."

그는 오래 묵은 해골 위의 먹 자국을 어루만졌다.

화경이 먹 위에 손끝을 붙인 것만으로도 그림은 차차 정교해졌고 주위는 마치 등불을 켠 듯 밝아오기 시작했다. 세상 제일가는 도사의 재주 덕분에 온 지면이 얼룩덜룩하게 물들더니 이내 거대한 그림으로 뒤덮였다. 그리고 뱀과, 그 지척에 선 숙공이 차례차례 그림 속으로 걸어 사라졌다. 화경은 끝내 마음이 움직이지 않아 마지막까지 망설였다. 얇은 때로 해답이 될 수 없다는 걸 그도 잘 알기에. 그러나 아끼는 제자를 이대로 잃을 수는 없어, 그의 걸음도 묵직하게 그림 속으로 움직였다.

이제 옮겨붙은 먹 자국을 따라 끝까지 걷는 수밖에 없다.

*

오래전 일이다.

그 시절, 성시는 전시라는 걸 믿기 어려울 만큼 흥성하였다. 오늘 살고 내일은 다시 없을 양 휘황한 청루가 늘어선 거리에서 화경은 발자국 소리 없이 걸었다. 발 아래 주인 잃은 동전이 밟혔다.

이내 그가 걸음을 멈추었다.

— 도사 나리.

옷자락을 잡아채는 손길에 그는 고개를 돌렸다. 낯선 여자가 열렬한 눈으로 그를 올려다보았다.

— 청이 있어 왔습니다. 모쪼록 자비를 베풀어주십시오.

그는 망설였으나 오히려 자세한 이야기를 듣지 않기 위해 그녀의 청에 응하기로 결심했다.

더 알면 더 깊이 정을 쏟는 법이었다.

눈에 한 번 담았던 것은 어느 때고 눈꺼풀 아래 들러붙은 것처럼 잔상을 남기게 마련이었다.

오래 살며 끝내 등선하지 못한, 그의 스승의 말에

따르자면 다정하여 병 깊은 화경 선생에겐 미련이
참 많았다.

　— 빈도가 들어드릴 만한 일이라면 기꺼이 그리하
지요. 무엇을 바라십니까?

　— 그림을 한 장 청하나이다.

　여자, 바늘네는 손을 놓치는 순간 이 수상한 도사
가 연기처럼 사라지리라 믿는 사람같이 간절히 옷깃
을 움켜쥐고는, 빠르게 말을 이었다.

　— 그림을 원하나이다. 제가 듣기로 도사 나리께
서는 그림 한 장을 그려 진짜 사람과 똑같은 형상을
불러내신다 하더이다. 나리, 제게 딸자식이 하나 있
사온데…… 바라건대 딸을 꼭 닮은 계집애를 그려주
십시오.

　— 딸을 닮은 종이 아씨가 필요하시다 이 말씀입
니까?

　— 네. 그렇습니다. 허튼짓을 하려는 게 아닙니다.
높은 분이 제 딸을 사지에 던져 넣으려 하시니 그를
대신하고자 함입니다. 부디 가엾은 어린것의 목숨을
돌보아주십시오. 이 은혜 백골에 새겨 영영 잊지 아
니하리니.

　'바로 어제 같구나.'

해골에 깃든 기억을 들여다보며 화경은 쓰게 웃었다. 그리고 소맷자락을 한 번 휘둘러 흐릿한 기억을 획 몰아내어 버렸다. 소매에서 일어난 바람이 기억의 수면을 일그러뜨리자 모든 것이 물결처럼 빠르게 흘러 사라졌다.

"……그려드렸는가?"

곁에 붙어 선 숙공이 의심 가득한 얼굴로 물었다.

"그럼요. 어린 아씨를 한번 뵈었습니다. 아씨는 그저 대접에 담긴 수단(水團)에 꽃가지가 얼비치는 것인 줄로만 아셨을 테지요. 수교위를 집어 먹느라 정신이 없던 그 까만 눈동자가 아직도 선합니다."

"허, 본궁을 그리셨다? 하면 어찌하여 본궁의 어미가 험한 길을 가셨단 말인가?"

"누가 뜻을 바꾸었겠지요."

화경은 갈필로 그은 선 안에 갇힌 양 막막한 시야를 훑고 또 훑었다. 검푸른 먼지가 피어올랐다. 시야 저편에서 흰 뱀이 구물구물 기어 다가왔다. 그가 말했다.

"빈도는 틀림없이 종이 아씨를 그려드렸습니다. 도력을 불어 넣어, 조심조심 걷고 가만히 고개를 들어 올려다보는 어린 아씨를 만들었지요. 산에 바치면 저 흰 뱀 나리께서 보고 집어 먹든, 휘휘 감아 죽이든, 아니면 팽개쳐 두든, 좋을 대로 하시리라 믿었습니다. 이후의 일은 알지 못합니다. 한데 세월이 물처럼 흐른 지금에 이르러 보니, 아씨는 빈도를 원망하고 계시고 소문은 영 다르게 났더군요."

"그래. 도사께서 박정하여 본궁의 어미가 빈손으로 돌아왔다 들었네. 대왕께서 어머니를 가엾게 여겨 저 대신 산에 오르는 걸 허락해주셨다고. 어머니께선 그 길로 뱀의 제물이 되셨고 다시 돌아오지 못하셨지."

"풍문이야 그저 뭍에 내놓은 생선에서 풍기는 냄새 같은 것이라, 빈도는 귀를 기울이지 않았습니다. 진실이 아니면 아무래도 좋았으니. 예 와서 백사 나리가 품은 해골을 보고서야 알겠습니다. 아, 참으로 그 그림은 제물이 되지 못하였구나. 아씨의 모친이 산을 올랐구나."

"대관절 그 연유가 무엇인가?"

"대관절, 그 연유가 무엇이겠습니까?"

화경은 되물었다. 숙공은 제 발치를 휘감은 흰 뱀을 내려다보았다. 뱀은 조금 전 현실에서 마주한 것에 비해 몹시 자그마했다. 가늘고, 매끄럽고, 작아서 정말이지 아무 수풀이나 찌르다 보면 툭 튀어나올 범상한 뱀 같았다. 산을 차지한 채 제사를 받아먹고 왕국을 무너뜨리고, 한 사내를 영웅으로 들어 올린 후 이제는 그저 길손을 해치는 요괴로 전락한 그런 대단한 생물처럼은 조금도 보이지 않았다.

뱀은 말을 하지도 않고 대가리를 들이밀어 눈을 들여다보지도 않았다.

그것은 그저 뱀이었다.

붓으로 한 번 쓱 그은 선처럼 생긴, 평범한 흰 뱀.

"연유가 무엇이겠습니까? 아씨께서 어찌하여 이 나라의 국모가 되셨겠습니까?"

답을 재촉하듯 화경이 다시 묻자 숙공은 할 말을 잃었다.

"본궁이 어찌 아는가?"

"결과가 여기 있지 않습니까?"

언제까지고 화창한 청춘 같은, 봄만을 누리듯 해사한 얼굴의 도사가 숙공을 똑바로 가리켰다. 그리고 언짢은 기색을 숨기지 않고 덧붙었다.

"결과를 누리면서 연유를 알지 못한다 하시니 왜 그리 뻔뻔합니까?"

아무것도 아닌 뱀이 숙공의 치맛자락을 파고들었다. 묵직하게 발목을 휘감은 그것에 붙들린 양 그녀는 하릴없이 화경의 폭언을 뒤집어썼다. 도사는 아직 대왕이 아니었던 시절의 도라지를 보여주었다. 바늘네의 기억 속에서 목소리로만 울릴 뿐이었던 거대한 사내를.

화경이 그려준 그림에서 나온 숙공은 진짜 숙공과 똑같았다.

옛날, 바늘네는 '그림' 숙공을 데리고 도라지 앞에 나아갔다.

— 홍복을 누리옵소서, 위대하신 분. 바라신바 대의를 위해 쓰시라고 쇤네의 어린 딸을 바치나이다.

바늘네가 절하며 어린 계집애를 곁에 세웠다. 옥색 비단으로 지은 장의를 걸치고 말갛게 선 '그림' 계집애는 숙공 본인이 보기에도 어린 시절의 그녀를 쏙 빼닮았다. 그녀는 생생하고 아름다웠으며 어디를 보아도 진짜 인간일 뿐 결코 종이에서 튀어나온 가짜 같지 않았다.

— 이름이 무엇이냐?

당시 도라지는 아직 건달 시절의 행동이 몸에 남아, 절차를 별로 따지지 않고 몹시 자유분방했다. 그는 단숨에 높은 대를 벗어나 쿵쿵 발을 울리며 다가와 계집애 앞에 섰다.

— 숙공이라고 하옵니다.

— 연치는 이칠(14세)쯤 되었고?

204

— 겨우 이륙(12세)이옵니다. 나리.

— 그렇구나.

도라지는 까만 눈동자로 자신을 올려다보는 '그림' 앞에 멍하니 서 있다가 아주 한참 동안 침묵한 후 들릴 듯 말 듯 되뇌었다.

— ……그렇구나.

바늘네는 고두(叩頭)한 채로 도라지가 명을 내리기를 기다리다가 의아하여 슬그머니 고개를 들었다. 값비싼 가죽신 코끝이 그녀의 시야에 걸려, 그녀는 도라지가 감히 내려섰음을 비로소 깨달았다. 화들짝 놀란 바늘네의 머리 위로 묵직한 목소리가 떨어졌다.

— 이칠도 되지 않은 아이를 사지로 보내니 그것은 군주된 자의 할 바가 못 된다. 이것이 본인의 뜻이라. 재고하건대…….

그나마 그녀를 동정하여 가까이 지냈던 내관이 초조하게 도라지의 낯을 살폈다. 이제 모두가 감히 도라지라고 부르지 못하고 머리를 조아려 경열공이라 칭하는 남자가 깊이 가라앉은 눈을 들어 좌중을 향했다.

— ……숙공의 어미로 하여금 그 여식을 대신하도록 허하노라. 숙공은 항아로 삼아 어미의 공을 누리게 하라.

— 나리!

바늘네의 목에서 찢어질 듯한 외침이 흘러나왔다. 도라지는 시커먼 정념이 뚝뚝 흘러 떨어지는 얼굴로 돌아서서 제 몫의 의자로 돌아갔다.

기억을 지켜보던 숙공이 새하얗게 질린 채 외쳤다.

"본궁은 종이에서 나오지 않았노라. 틀림없는 사람이다."

화경이 답했다.

"압니다. 그러기에 결과를 누리며 살아 계시지요."

숙공의 치맛자락 아래에서 아주 가느다랗고 작은 흰 뱀이 기어 나와 기억 속의 바늘네를 향했다. 바늘네의 떨리는 등이 이지러지며 모래바람이 세상을 뒤덮었다.

기억은 거칠거칠했고 목소리는 이내 멀어졌다.

숙공은 기억 속의 젊은 어머니가 두 주먹을 꼭 쥐는 광경을 마지막으로 눈에 담았다.

바로 다음 순간, 바늘네는 창칼을 든 병사와 제관에게 둘러싸여 황폐한 산기슭을 오르고 있었다.

술 한 잔을 끼얹으며 제문을 읊은 자리에 흰 뱀이 또아리를 틀었다. 푸른 잎 하나가 떨어져 뱀의 머리를 툭, 건드렸다. 뱀은 대가리를 치켜들었고, 숙공이 아는 바와 같이 거대한 그것이 사뭇 요괴다운 움직임으로 튀어나왔다.

바늘네는 홀로 남아 웅크리고 앉은 채 덤불 너머에서 고개를 내민 뱀을 바라보았다.

— 너는 뭐냐?

뱀이 물었다.

— 제물입니다.

바늘네가 답했다.

— 제물이 무엇이냐?

— 그간 어르신께 바친 제물을 흠향하지 않으셨습니까? 여기 저 말고도 다른 처자들이 많았을 터입니다.

— 처자? 인간 말이냐? 인간은 많지. 이 몸이 하마 몇 해나 여기서 수행을 쌓고 있는데 인간을 모르겠냐? 그래, 너는 인간이구나. 하여서? 인간이 처자냐? 인간은 제물이냐? 제물은 그저 인간이더냐?

뱀의 질문에 말을 잃고서 바늘네는 비로소 주위를 둘러보았다. 흩어진 뼈 사이에서 자란 풀과 뿌리가 드러난 나무. 앙상한 가지 너머로 흐르는 구름. 술 냄새. 향냄새.

뱀.

— 어르신께서는…… 저를 해치지 않으십니까?

바늘네는 하도 공교로워 뱀에게 물었다. 그 맹랑한 질문에도 뱀은 답하지 않고 시든 풀잎이며 썩어버린 나뭇등걸을 휘휘 감고 꼬리 장난을 쳤다.

— 어르신.

— 성가시게 구는구나. 왜 해치라고 야단이냐? 너는 여기 죽으러 왔더냐? 왜? 뱀에게 물려 죽는 걸 숙원으로 여겼더냐? 어찌하여? 이 보렴, 아기야.

뱀의 목소리가 꽤나 다정하여, 바늘네는 놀랐다. 거대한데도 비늘이 매끄러워서 오랜 영물이라기보다 한창때의 청년 같은 목소리로 뱀은 노인처럼 조곤조곤 덧붙였다.

— 아기야. 내가 만약 사람을 해치면 등선을 하지 못한단다. 홀홀 벗고 이왕이면 높은 영수(靈獸) 되어서 오래도록 이 산을 지킬까 한다.

바늘네는 거칠게 호흡하며 몸을 웅크렸다. 그간 해온 인신 공양이 모두 헛것이었다니. 뱀은 제가 사람을 상하게 만든 줄 전연 모르는 것이다. 그녀는 그만 한숨을 폭 쉬었다.

'가여워라. 벌써 일을 다 그르친 걸 알면 얼마나 서러울까.'

가여워서 가여워서 견딜 수 없었다.

208

— 어떠냐? 아가. 곧 될 성싶으냐? 응?

— 곧 이루실 것입니다.

가엾다 생각하니 목소리가 절로 부드러워졌다. 바늘네의 자그마한 눈이 더욱 가늘어졌다. 뱀은 한껏 뻐기기 시작했다.

— 아가. 예 살던 호 선생 이야기를 좀 해주랴?

바늘네의 입가에 떠오르는 흐릿한 미소와 함께 사위가 검은 모래로 변해 내려앉았다. 뱀이 조곤조곤 바늘네를 향해 온갖 옛이야기를 늘어놓기 시작하자 사방이 일렁일렁, 밤 호수에 거꾸러진 밤하늘처럼 흔들거렸다. 금빛 모래가 흘러 떨어진 별빛처럼 흩날렸다. 숙공은 빛바랜 머리카락에 엉겨 붙는 모래를 털어내며 고개를 흔들었다.

"이것이 무엇인가."

그녀가 묻자 화경이 답했다.

"바로 빈도의 가여운 제자입니다."

숙공이 돌아보았다.

"이 먼지가?"

"찢겨 남의 기억 사이에 흩어진, 어린 춘입니다."

"네 제자가 뱀이라는 말이더냐, 흩날리는 모래란 말이더냐?"

"그 모든 것입니다. 나무가 되었다가 여울이 되었다가 저 평원에 버려진 가죽신 한 짝이 되었다가 이제는 저 태감의 뒤통수가 되는, 이 모든 기억입니다. 이 아이는 무엇이라도 되지요. 제자가 저 자신이 누구인지 깨닫기 전까지는 피의 주인의 기억 속에서 이것이었다가 또 저것일 겁니다."

화경은 붉은 모래 폭풍을 가느스름한 눈으로 바라보았다. 그리고 숙공에게 붓 한 자루를 건네주었다.

"아씨께서 친히 이것을 들고 저 모든 것 속으로 나아가, 빈도의 가여운 제자를 주워 와주십시오."

"본궁은 신선도 아니고 심지어 화공조차 아닌데 어찌 이것을 본궁에게 주느냐?"

"그럼 누구에게 주겠습니까? 빈도의 가여운 제자는 이미 산산이 흩어졌습니다. 그 애는 저 먼지 틈새에서 빙빙 돌 뿐 끝내 되돌아 나올 수 없겠으니 후회가 많은 인간이 가서 이끌어주어야 합니다."

"허, 감히 본궁이 후회가 많은 인간이라는 겐가?"

"머뭇거리지 않는 인간이 있겠습니까? 아씨께서도 자연 그러하실 테지요."

숙공이 자기 손에 들린 붓을 내려다보았다. 여우 꼬리처럼 탐스러운 털이 달린 검은 자루에는 군데군데

금이 가 있었다.

"선생. 선생은 후회도 미련도 없는가?"

"빈도는 감히 선술을 익혀 상천과 중천의 경계를 넘나들거니 후회와 미련을 꿈꾸지 않습니다."

"흥, 정녕 자네가 후회도 미련도 없을 테면 상천의 신선이 되었을 게 아닌가?"

"없다 하지 않았습니다."

화경이 드물게도 그 흰 얼굴 가득 미소를 지었다. 벽에 그린 그림 같이 보이던 사내가 한순간 흐드러진 복숭아 꽃가지처럼 아름다운 색으로 물들었다. 그것은 자금(紫禁)의 기둥 사이를 거닐며 홍진의 가장 높은 누각에 올라, 온 세상 미인을 두루 구경하며 살아온 숙공조차 한순간 시선을 빼앗길 만큼 화려한 광경이었다.

'세간에서 이르기를 화경 선생은 왕조가 태어나고 시드는 내내 저 모습 그대로 살았다 하거늘, 그에게도 후회와 미련이 있을 터인가?'

그 말을 듣기나 한 듯, 화경이 입을 열었다.

"과연 어떠하겠습니까?"

그리고 돌아섰다.

"아씨께서 그 붓으로 길을 그려, 빈도의 제자를 데

려와주십시오. 지겹도록 옛일을 되새기다 보면 뱀이 허물을 벗듯 기억도 벗겨져 허옇게 말라버릴 터입니다."

푸른 물결을 헤치고 거닐 때조차 홀로 정월의 달처럼 흰 사내가 걸었다. 붉은 물감이 사방으로 튀어 오르는 것 같은 막막한 저편으로 천천히 걸어 멀어져 갔다. 숙공은 그제야 정신을 차리고는 주름진 손을 다급하게 뻗어 그의 옷소매를 잡았다. 손가락이 옷자락 위를 미끄러졌다.

"화경 선생!"

숙공은 분주하게 발을 놀려, 무심히도 멀어져가는 신선의 뒤를 쫓았다. 그녀는 이 기괴한 세계에 홀로 내버려질까 싶어 더럭 겁을 먹었다. 아무것도 믿을 수가 없었다. 오래도록 품어온 한이, 원망이, 그녀의 눈을 어둡게 만들었다.

'내 어머니에게 그림을 그려주었다면 대체 왜 어머니가 산으로 왔단 말인가. 왕께서 어머니를 보냈다고 하였지? 아까 본 것이 어머니의 기억이라고 저 신선은 주장하는 게지? 그러나 그게 참말이겠는가? 기억만큼 못믿을 것도 없다. 아니다. 그렇지 않다. 기억이 아니야. 거짓이다…… 미혹인 게야.'

숙공은 걸었다.

숨이 턱에 차도록 걷고 또 걸었다.

한참 만에 양지바른 볕을 만나 겨우 숨을 돌리자, 발 아래에 들러붙은 그림자로부터 주위 풍경이 일변하였다. 눈을 깜박인 후에는 몸이 전에 없이 가볍고 눈에 비친 제 팔다리가 늘씬하여, 숙공은 소스라치게 놀랐다.

봄이었다.

대낮이었고, 더하여 남은 하루는 징그럽게도 길 예정이었다.

낯익고도 낯선 초막이 눈에 들어왔다. 숙공의 걸음이 조심스럽게 움직였다. 댑싸리를 엮어 세운 담장이 반, 나머지 반은 돌과 나무를 쌓아 만들다가 허물어지면 허물어진 대로 방치한 상태였다. 손바닥만 한 마당에는 민들레꽃이 가득했다. 개도 닭도 한 마리 보이지 않는 적적한 집이었다.

숙공 자신이 열두 살쯤 머물던 바로 그 집이었다. 숙공은 낡은 방문을 멀거니 바라보았다.

열두 살의 봄.

바람은 소리 없이 고였고 꽃은 한껏 물올랐다. 아무것도 상하지 않을 만큼 온화한 나날이었다. 어머니의 부재를 아쉬워하며 수심에 젖을 때, 그 상실은 어린 그녀를 오히려 돋보이게 꾸며주었다. 툭 치면 부서질 듯 알량한 방문이 열리고 섬돌로 발을 뻗는 어린 계집아이, 숙공이 모습을 드러냈다.

그녀는 자기 자신의 어렸던 모습으로부터 저도 모르게 몸을 감췄다. 담장은 늙은 숙공의 몸뚱이는커녕 그림자도 다 감춰주지 못할 터였는데도.

열두 살 숙공은 어리고 아름다웠다. 수심 깊은 얼굴조차 빛이 났다.

너무나 눈부시게 아름다워서, 숙공은 눈물이 났다. 그리도 거지같이 가여운 삶이라 여겼건만 기억 속에서는 징글맞게도 싱그러웠기에. 차라리 죽었어야 했다고 몇 번이나 생각했건만, 기억 속에서 마주치니 이상하리만큼 정겨웠기에.

그것이 도리어 서러웠다.

"아씨."

어린 숙공을 향해 곰살맞게 인사를 건네며 들어서는 사람은, 그녀가 익히 아는 자였다.

다름 아닌 상지.

구중심처에서 손꼽힐 만큼 권력을 얻어, 이제는 사례감에서도 첫손 꼽히는 태감으로 자리 잡은 그 상지의 수십 해 전 모습이었다.

그는 본디 소선국의 관료로 소년 급제한 귀한 몸이었다. 비단에 파묻혀 태어나, 금으로 칠한 들보 아래 자랐으며, 그의 조상들은 대대로 이름난 학자들이었다. 그의 가문은 소선국이 서기 전부터 토호였으며 항시 이기는 쪽을 택하였기에 아름다운 이야기만이 서책에 남았다. 이를테면 소년 상지는 세상에 두려울 것이 없어, 한숨 한 번으로 용도 때려잡을 듯 양양하였던 것이다. 그러나 운수란 기이한 것이다. 관료였던 그가 군주에게 사소한 죄를 범한 후 그는 우스꽝스러워지기 위해 태어난 사람처럼 순식간에 위세가 꺾였다. 한 번 잘못한 선택은 두 번 실수를 불렀고, 어느새 누대에 걸쳤던 위명은 그의 문중과 함께 봄꽃이 져버리듯 스러져 알량하니 상지 한 사람만 남게 되었다.

필시 상지에게도 자랑할 만한 성씨가 있었을 터이나, 그즈음 상지는 이제 죄를 범하여 거세당하고 온천하의 웃음거리로 전락한 처지였다. 그 자신이 상지라고 불린다는 것 말고는 아낄 게 없었던 것이다.

그즈음이란 도라지가 경열공으로 불리기 시작하던 때다. 도라지는 자신에게 의탁해 온 상지를 거두어들였다. 어쩌면 죄를 짓고 거세하여 환관이 된 후에도 꺾이지 않고 설욕할 기회를 엿보는 상지에게서 도라지는 자기 자신을 보았던 것인지도 몰랐다. 어쨌거나 도라지는 이겼고, 왕이 되었으며, 그리하여 상지는 그의 조상들이 그러했듯 자신이 '이기는 선택'을 했음을 깨달았다. 그는 진탕으로 변한 자신의 길을 다시 비단으로 뒤덮고 싶었다.

"아씨, 어리고 가여운 아씨. 아십니까? 대왕께서 자비를 베풀어 아씨를 구명해주었으니, 이 향긋한 밥과 차도 대왕의 은덕입니다."

환관으로 일하던 상지가 가장 자신했던 것은 다름 아닌 욕망의 향방을 기민하게 읽는 것이었다.

상지는 홀로된 숙공을 이따금 찾아와 돌보고 가엾게 여겨주었는데, 숙공이 슬슬 마음을 열자 소박한 거처를 새로 마련해주기까지 했다. 그는 숙공이 철이 들 무렵부터 끝없이 속삭였다.

"아씨. 우리 대왕께서 아씨를 가여이 여겨 자비를 베푸셨던 일을 기억하소서."

그녀를 돌보는 이들이 누누이 속삭여 익히 아는 이야기였다. 박정한 신선을 찾아가 애걸하다 내쫓긴 어미를 왕이 어여삐 보아, 그 딸을 제물에서 면해주었다는 미담. 어렸던 숙공은 귀에 인이 박이도록 대왕을 향한 찬양을 들으며 이렇게 생각했다.

'결국 나 대신 어머니의 목숨을 받아 갔을 뿐이지 않아? 대체 어디가 자비로운 거야?'

다만 숙공은 조숙했다. 내심 조소하면서도 그 의문을 입 밖으로 꺼내지 않을 만큼은. 숙공을 돌보아주는 이들은 당연히 모두 상지의 돈을 받은 이들이었다. 이해관계가 일치하는 이들이 돌아가며 속삭이자 숙공은 방년이 되기도 전에 상지의 애걸 앞에 고개를 끄덕이고 말았다.

"우리 자애로운 대왕께서는 실은 외로운 분이십니다. 아씨 같은 무구한 분께서 대왕을 위해 부디 정을 베풀어주소서."

어린애가 정을 베풀어야 할 만큼 외로운 이가 세상엔 있을 터이나 그게 저 용상의 주인일 리 천부당만부당한 일. 다 알면서도 가장 많이 가진 이 앞에 무릎을 꿇는 김에 '이는 결코 굴종이 아니라 다만 가여워 연민을 베푸는 일이다.' 하고 자신을 달랠 뿐이다.

강자가 고개를 숙일 때는 여타의 변명이 필요치 않다.

약자가 무릎을 꿇고 이마를 찧어야 할 때는 자신을 지키기 위해 이야기를 만들어야만 한다.

충의. 결의. 의리. 예의. 은원과 사랑.

숙공은 도라지가 경열공으로 불릴 무렵 어머니를 잃

었다. 그가 더 높이 올라 새 왕국의 천자가 된 후에는 기어이 후궁으로 입궁했다.

그녀의 뒷배는 군주의 신임을 받는 상지였고 숙공은 처음 궐에 든 순간부터 지극한 총애를 받았다. 그녀는 흡사 자신의 운명이 이전부터 정해져 있는 양 여겼다. 숙공이 모르는 왕은 숙공을 알았고, 그녀가 외우듯 기억한 '군주의 자비'는 이제 일종의 빚이 되어 그녀 앞에 떨어졌다. 궁궐의 삶을 견뎌내며 그녀는 내도록 그 빚을 갚아나가야만 했다.

약한 계집애는 살아남았다는 것만으로도 그리 많은 빚을 지게 마련이었다.

군주의 자비라는 빚.

상지가 생활을 보살펴주었다는 그 빚.

돌아보면 어린 계집애의 버선 한 켤레까지 다 갚아야 할 것이었다. 궐에 들어 머리에 꽂은 비녀 하나, 얻어 마신 차 한 잔까지 모조리 주고받아야 할 빚이 되었듯이.

살기 위해서는 권력이 필요했다.

그리 여기자면 왕이 부린 모든 변덕조차 자비가 맞았다. 그의 변덕으로 인해 숙공 자신이 살아남았으니, 결과가 어찌 되었건 의도가 무엇이건 대왕은 그녀에게

자비를 베푼 것이다. 권력이란 매양 그러한 것. 씨알만
한 자비조차 하늘 전체만큼 거룩한 것. 그래서 숙공
은 믿었다. 태감인 상지가 자신을 가엾게 여겨 후궁
자리를 주선했으리라고. 또한 왕은 가여운 여인네를
제물로 보낸 미안함 때문에 그 딸을 맞이해 금은보화
를 안겨주었으리라고.

'저 차디찬 용상에 그런 아기자기한 마음이 있을
리야?'

하고 의심이 고개를 들 때면 눈을 돌렸다. 그래야
만 버틸 수 있었다. 구중심처란 그 화려함만큼이나
사소한 얼룩도 크게 여기는 곳이었기에.

'그 신선 때문이다.'

숙공은 눈물지을 때마다 떠올렸다.

'그 신선이 그림을 그려주지 않았기 때문이다.'

그녀는 문득 발을 멈추었고 자신이 아까와 똑같은
자리를 빙빙 돌고 있었다는 사실을 깨달았다. 숙공은
이제 홀로 숲길에 서 있었다. 열두 살의 가엾고 기델
곳 없는 숙공도, 그녀를 찾아와 고개를 숙이던 젊은
상자도 없는 길가였다.

숨결이 닿을 만한 거리에 어떤 여자가 웅크리고 앉
아 있었다. 아무렇게나 흐트러진 머리카락으로 어깨

를 덮고 앉은 그 얼굴이 낯익었다. 숙공 자신의 기억 속과 별반 다르지 않은, 그러나 어딘지 다른 사람 같은, 그런 얼굴.

바늘네였다.

숙공의 어머니였다.

기억 속의 어머니는 젊었다. 어릴 적 헤어져 다시는 못 보게 된 어머니. 언제나 올려다보던 그 얼굴을 이제와 내려다보자니 기분이 이상했다. 숙공이 손을 뻗기 전에 바늘네가 고개를 들어 올렸다.

— 뱀 나리.

숙공은 젊은 어머니가 자신 너머에서 보고 있을, 거대한 뱀을 떠올렸다. 축축한 숨결이 정수리를 타고 흘렀다.

— 그러면 어르신은 호 선생의 제자신가요?

바늘네의 질문에 뱀이 밝은 목소리로 답했다.

— 내 은원을 아는 영물이니 그 노인네의 제자일 리가 있겠느냐? 그 노인네는 말이다, 아주 어리석은 양반이었단다.

뱀이 둘둘 또아리를 틀고 앉아 바늘네에게 두런두런 이야기를 털어놓았다.

— 그 양반이 어찌 어리석은 양반이었는가요?

*

　춘은 바늘네의 곁을 얼쩡거리고, 뱀의 잔등을 타고 오르고, 돌과 먼지와 나무와 풀을 헤집다가 지쳐서 털썩 주저앉았다. 낯선 여자를 향해 아가, 하고 부르는 뱀이 이상했지만 그래도 이 주위에는 산 것이 그 둘뿐이었다. 뱀과 여자. 여자와 뱀. 춘은 하릴없이 뱀의 이야기나 듣기로 했다.

　'그런데 박석산 호 선생이면 우리 스승님의 스승님이시지?'

　곁가지로 스승 이야기도 좀 묻어 나오면 좋을 터인데.

　날 때부터 잘난 신선인 양 빤드르르한 얼굴로 새침을 떠는 스승을 놀릴 만한 거리가 좀 있으면 그 아니 재미있겠는가 말이다.

　어린 춘은 이제 팔이 찢어지고 온몸이 산산이 먹물로 흩어지면서 느꼈던 고통 따윈 잊고, 어린아이다운 명랑함으로 되돌아와 있었다. 그녀는 자신이 이 막막한 곳에 갇힐 거라고는 추호도 걱정하지 않았다. 밤은 밝게 마련이고 뒤엉킨 것은 풀리게 돼 있으니, 한창 외롭고 나면 또 번잡해지지 않겠는가?

　"호 선생은 어리석고말고. 그 호 선생은 본디 신유림

에서 노닐던 귀한 몸이거든. 박석산으로 숨어들어 조용히 제자를 길렀는데 홍진(紅塵)의 때가 씻겨 나가기란 여간 어려운 일이 아닌지라 그 슬하에 겨우 둘이 남았다더라. 그 긴 세월 이리저리 치이고 업을 쌓고 해 가면서 제자를 들였건만 남은 게 둘이라니 우스운 일 아니냐? 아가. 애당초 사람 자식을 들이지 말지. 저도 하늘 여우였으면서 어찌 그걸 몰라?"

뱀은 혀를 날름거리며 츳, 츳, 안쓰러워하였다. 곁에 바짝 붙어 앉았던 춘은 바늘네의 둔한 몸뚱이가 뱀 앞에서 내내 긴장하는 것을 느꼈다. 그것은 그림에서 튀어나와 안온하게 스승이 지어 놓은 집에서 자란 춘에게 있어 꽤나 생경한 감각이었다. 온몸의 털이 곤두서고 목구멍이 바싹바싹 말랐다. 뻑뻑한 눈으로 열이 슬슬 올랐다. 춘은 주저앉고 싶었고 벌렁 드러눕고 싶었다. 뼈마디가 쑤시기 시작했다. 아닌 게 아니라, 산속에서 맞는 밤은 상당히 추웠다.

"선생은 검선(劍仙) 녹주와 화선(畫仙) 화경을 거두었는데……."

"저도 압니다. 화경 선생은 세상 무엇이든 그림 속에 담아두고, 무엇이든 그려서 꺼낼 수 있다더군요."

바로 그 화경에게 청해 자기 딸을 그렸으면서, 바늘

네는 모른 척 말했다. 뱀이 반색했다.

"아, 그 신선을 만난 적이 있었느냐? 아가. 그림 속에서 진짜와 똑같은 산과 들을 꺼낸다니 우스운 재주다. 호수에 비친 달이랑 다를 바가 없는 노릇이니 말이다. 내가 어느 날은 웅덩이에 고인 물을 이렇게 들여다보았더니만 흐드러진 명자나무꽃이며 퍼런 하늘이 생생하였단다. 그런데 이 배를 쑥 들이밀고 기어가보았더니 비늘엔 꽃향기도 하늘 빛깔도 한 점 묻지 않고 흙탕물만 배기지 않았겠니? 물에 다 비쳐 담겼단들 진짜가 아니었던 게야."

"진짜가 아니나 진짜를 고스란히 비추어주니, 가히 대단한 재주가 아닙니까? 제게는 그 재주가 간절했지요."

"아가는 그 신선을 만났구나. 원하는 걸 얻었느냐?"

뱀의 비늘은 밤공기보다도 차게 느껴졌다. 바늘네는 퍼렇게 질린 입술을 벌벌 떨었다. 하늘은 높고 어둡고 숲은 깊어서 사위는 온통 축축했다. 바늘네는 서서히 얼어붙었다.

"얻고 말고요."

바늘네가 나직하게 중얼거렸다.

"얻었사오나 진짜가 왔답니다. 거짓을 가져갔더니 하잘것없는 진짜를 바치라 하였기에."

바늘네가 떨자 뱀이 잎사귀를 잔뜩 물어와주었다. 바늘네의 어깨에 뭔가를 덮어주며 돌보아준 이는 뱀이 처음이었다. 자장자장 우리 아가, 다독다독 우리 아가. 뱀은 산 곳곳에서 녹슬어가던 부러진 창, 구부러진 숟가락, 해어진 신발과 찢긴 저고리를 하나둘 물어왔다.

"박석산에서 제자를 둘 길렀던 호 선생은 긴 세월 걸쳐 면벽수행을 하였어도 등선하지 못했단다."

뱀은 호 선생이 얼마나 어리석은지 늘어놓으며, 바늘네 앞에서 은근히 허세를 부렸다. 이파리 하나에도 고마워하는 그 '아기'가 뱀은 슬슬 마음에 든 참이었다.

"여우보단 역시 이 뱀이 훨씬 뛰어난 게지."

"참말로 대단하십니다, 뱀 님. 곧 등선하시겠지요."

바늘네는 뱀이 가여웠다. 뱀 자신은 전혀 원하지 않았는데 저 산 아래에선 뱀의 이름으로 사람들을 바쳐왔던 것이다. 목숨을 앗는 것은 중죄이니, 그런 죄에 연루된 뱀이 하늘로 불려 올라갈 날 따윈 오지 않을 터였다.

'가엾어라!'

박석산 호 선생은 녹주와 화경이라는 유명한 도사들을 제자로 두었으나, 결국 여우구슬이 없어 등선하지 못했다 한다. 뱀은 바늘네의 허리를 둘둘 감고 속삭였다.

"여우구슬을 바로 그 제자들이 가져간 거야. 제자 놈들에게 뺏긴 게지. 참으로 어리석은 여우가 아닐 수 없다. 속세와 멀리하여야 큰 도에 이르는 법이거늘, 어찌 피 냄새 살 냄새 풍기는 인간들을 거두었단 말이냐? 안 그러냐?"

"뱀 님도 저를 거두지 않으셨습니까?"

"내 아기, 너와는 다르단다. 너는 내 제자도 아니고 내 적도 아니며, 내 피붙이도 아니니 너는 그저 이 잎사귀 하나와 다르지 않단다."

뱀이 저 스스로 떨어진 감잎 하나를 물고 와 바늘네의 몽당치마에 톡 떨구었다. 스스로 시들어 흙으로 돌아갈 때까지 곁을 지켜주마, 하고 뱀은 약조하였다. 바늘네는 잎사귀를 가만히 내려다보았다.

"그러면 약조해주십시오, 나리. 다른 이들 눈에 띄지 않고, 저와 여기에 숨어 살아가겠다고."

영웅을 만든 뱀은 이제 사라졌다고 하자.

더는 사람 제물이 없어도 된다고, 고요한 산이 되었다고, 모두가 믿도록 하자.

그러면 저 바깥에서 바늘네의 어린 딸은 무럭무럭

자랄 테고, 인적이 드물어진 이 산중에서는 그럭저럭 여러 계절이 차례차례 지날 것이며, 이윽고 바늘네는 뱀 곁에서 시들어 죽겠지.

태어나 처음으로 그녀를 위해 잎사귀를 따 내미는 이의 곁에서.

가여운 것 곁에서.

얼마 지나지 않아 겨울이 닥쳤다. 한없이 신선에 가까운 뱀도 본성을 완전히 벗지 못해, 기운이 빠져 낡은 사당 깊숙한 곳에 즐겨 또아리를 틀었다. 바늘네는 추위에 떨었다. 산을 내려갈 수는 없었기에 산 곳곳을 누비며 무엇이든 사람 흔적을 찾곤 했다. 그렇게 봄이 올 때쯤, 바늘네는 매우 쇠약해지고 말았다. 뱀은 버석대는 갈잎처럼 시들거리는 바늘네에게 덜 벗겨진 밤송이를 주워다 주었다. 보들보들한 털로 뒤덮인 새순을 보여주기도 했다. 그러나 아무것도 죽이지 않는 뱀은 삼라만상의 아름다운 결들을 선보일 수는 있을망정 죽어가는 바늘네를 배부르게 하지는 못했다.

그때 낯익은 얼굴이 몰래 바늘네를 보러 왔다.

바늘네의 딸을 대신 맡아주었던 환관, 상지였다. 바늘네의 이름마저 잊었을 법한 그가 잘 꾸민 웃음을 지으며 어찌나 어제 본 양 반가워하는지 몰랐다. 상지와 그의 무리는 때마침 뱀이 깊은 굴로 기어 들어간 틈에 바늘네와 조우했다. 산은 드물게도 조용했고 날도 맑았다. 상지가 한 광주리 가득 먹을 것을 가져왔으므로, 바늘네는 그것을 받았다. 사슴고기 한 입과 말린 두부 반쪽을 씹어 삼키자마자 상지가 물었다.

"이보게, 그림이 점점 흐려지고 있네. 어찌하면 좋은가?"

"그걸 왜 쇤네에게 묻습니까?"

"상감마마께서 그 항아를 심히 아끼시어 밤을 함께한 것이 여러 날일세. 그러던 차에 색이 흐려지고 빛이 바래니, 나라 안의 화공을 모두 불러 모아보아도 선인의 그림인지라 보수할 수 없다는 게야. 한즉 어쩌겠나. 노부가 이 지친 몸이라도 끌고 자네를 보러 올 수밖에."

바늘네는 어리디어린 자기 딸을, 그것도 그림에 불과한 것을 끼고 산다는 왕이 고깝고 혐오스러워 매몰차게 말했다.

"그림을 그린 이에게 가서 달라 하시오."

"도사란 족속들은 왕명에도 따르지 않고 관가의 눈에도 띄지 않으니 별수가 없지 않은가. 자네가 좀 도와주게나."

"쇤네가 뭘 안다고 돕겠습니까."

"자네가 이미 뱀에게 죽었더라면 단념할 참이었네. 그러나 이리 살아 있지 않은가? 필시 하늘이 우리 대왕을 위해 마련하신 바일 걸세. 자, 이 칼을 받게. 잠깐이면 된다네."

"……뭘 하시려는 게요?"

상지는 초조한 얼굴에 두 눈만은 일종의 광기로 번들거리며 바늘네에게 바짝 다가섰다. 바늘네는 어떤 예감으로 등줄기가 얼어붙었다. 권력 곁에서 권력의 온기를 더 누릴 수 있으리라 판단한 태감이란 뭐든 하는 법이다. 바늘네는 금세 눈치챘다. 그가 내민 칼날이 벌써 어둠 속에서도 달무리처럼 빛나고 있었다.

"자네 피로 덧칠을 하면 혹시 모르지 않나?"

도사가 피로 그림을 그린다는 건 단순한 풍문일 터였다. 뛰노는 노루, 퍼덕거리는 장닭과 펄펄 나는 꾀꼬리며 들꿩을 잔뜩 그릴 때도 그것들의 피를 원했겠는가? 복숭아나무를 그리려고 원래 서 있는 나무를 베어냈을 턱이 없다. 도사는 사람을 죽이지 않는다. 바늘네는 삐끔거렸다. 상지도 이게 얼마나 무의미한 일인지 내심으로는 알았으리라고. 그러나 한낱 하층민 여자 하나쯤 죽어도 그만이라는 것 역시, 잘 알았으리라고.

228

칼날이 두 손 첫는 바늘네의 빈 품을 파고들었다. 소리도 나지 않았다. 바늘네는 자신이 대단히 가느다 랗게 숨을 몰아쉬었다는 것을 깨달았다. 아, 이것이 마지막인가, 하는 생각이 들자 서러움과 분노가 휘몰아쳤다. 상지는 허겁지겁 바늘네의 피를 어디다가 조금 받더니, 무리를 이끌고 사라졌다.

"자네 딸은 노부가 잘 돌보아주겠네. 염려 말게나!"

피가 뚝뚝 떨어졌다.

이걸로 그림을 보수하여 왕의 품에 내내 안겨주겠다고 상지는 말했다. 바늘네는 어이가 없어 허, 허, 숨을 몰아쉬었다. 상상 속에서는 상지를 죽이고, 따라온 무리를 모조리 어디 계곡에라도 처넣고, 이냥 대처까지 달려가 목 놓아 울고 싶었다. 그러나 그녀의 눈 앞이 새빨개졌을 때 이제는 익숙해진 사악사악 하는 소리가 들렸다. 마른 잎 젖은 잎 위를 스치며 굳이 그녀에게 기척을 내는 소리.

뱀이 다가오는 소리였다.

"내 아기야."

바늘네의 붉은 시야가 일순 밝아졌다.

'가엾어라.'

뱀은 이제 혼자 남을 것이다.

뱀은 바늘네를 잃을 것이다.

뱀은 그의 아기를 다시 볼 수 없을 것이다.

'나는 죽는다. 그러나 뱀이 내 죽음을 알면 슬퍼하겠지. 슬픔이 화가 되겠지. 더는 이 가여운 뱀에게 죄를 얹어주지 말아야지.'

바늘네는 어떤 왕도, 신선도 가엾지 않았지만 그저 뱀만이 가여웠다. 그래서 자신 주위를 빙빙 돌며 붉은 피를 문지르는 그 흰 머리를 가만 쓰다듬었다.

"보오, 어르신. 보오, 신선이 되려 수행하던 나리.

나는 실은 저 화경 선생이 그린 그림 한 자락에서 걸어 나온 몸으로, 본디 먹과 물감으로 이루어졌습니다. 그림이란 먹이 흐려지고 그 족자가 닳아 해지기도 하는 법. 이제 다 지워질 때가 왔답니다."

뱀은 피 냄새를 맡았으나 바늘네가 그리 말하니 덥석 믿고 말았다. 그간 산에 올라와 오들오들 떨다 시들어버린 놈들도 그럼 죄 그림이었을까. 저희끼리 지절대며 산을 오르고 내리고 살고 죽던 이들도 모두 그림에 불과했을까. 뱀은 헤아리지 못했다.

"아가, 내 아기야. 싫다. 지워지지 말아라. 내 다시 그려주마, 그려주고말고."

"이미 물감이 다 쏟아져버렸으니 어쩌겠습니까. 너

무 서글퍼 마시오. 화경 선생은 세상에 있는 것만 그리는 이랍니다. 이 몸도 저 바깥에 팔팔하게 살아 있지요. 여기서 지워지는 것은 그저 이 몸의 그림에 불과합니다. 수면에 비추었던 달이 여울에 흐려져도 고개 들어 올리면 창공의 바로 그 자리에 고스란한 것처럼……."

바늘네는 죽었다. 뱀은 그녀가 더 대답하지 않는데도 뺨과 목과 콧등을 긴 혀로 핥으며 청하였다.

"아가, 내 아기야. 그러면 진짜 너로 다시 오너라. 언제고 진짜 너로 다시 오기만 하면, 내 너의 얼굴을 한 번 보고 승천하여 주마. 신선이 되는 것을 보여주마."

뱀의 그 속삭임은 죽은 바늘네의 해골에만 남았다.

＊

숙공은 천천히 뒷걸음질 쳤다.

'그리된 것이구나.'

숙공의 비단신이 바늘네의 피 웅덩이 위를 디뎠다.

'그리된 것이었어.'

기억 속을 헤매던 뱀이 이제 여러 해를 지나 벌벌 떠는 인간들 앞으로 툭툭 튀어나왔다. 그들에게 물었다.

나의 아기야. 아기들아, 세상은 그걸로 가득하지?

그림에서 튀어나온 가짜 인간으로 가득한 게지?

아가, 아가들아.

진짜 사람은 어디 있느냐? 먹도, 향기도, 색과 그림
자도 아닌 진짜는. 찢어져 썩어 문드러지는 종잇장 말
고 진짜배기 사람은 어디에서 찾을 수 있느냐?

아무도 대답하지 않았다. 뱀의 목소리를 쉬익쉬익
위협적으로 들렸고, 잔뜩 치켜든 대가리는 당장이라
도 산 것을 삼켜버릴 듯 거대했다. 뱀은 날쌔게 달려들
어 인간의 팔을 물어뜯었다. 사람들은 비명을 질렀다.
찢겨지고 부서졌다.

"네가 진짜 인간이냐? 아니면 그림이냐?"

모든 인간이 붉은 피를 쏟아냈다.

바늘네와 같이, 뱀에게는 먹과 물감으로 보이는 비
릿한 것이 산을 더럽혔다. 뱀은 붉은 웅덩이 위를 기어
삭아가는 해골을 보듬었다.

"진짜는 어디 있느냐?"

＊

춘은 어두운 숲을 거닐며 뱀이 홀로 사람들을 물어
뜯는 광경을 지켜보았다.

그리고 뱀이 소중하게 안은 해골로 다가갔다. 이제
뱀 앞에서 죽어가던 여자는 없고, 처음 사당에서 본

것처럼 해골만 거기 있었다. 뱀이 깊은 잠에 빠져들기를 기다린 후에 춘은 해골을 손에 들었다.

"그런데 여기가 어딜까, 스승님? 이 해골은 아까 그 바늘네라는 사람일 테고 그러면 여기는 도대체 어디일까?"

춘은 주위를 둘러보았다. 해골의 정수리로부터 뻥 뚫린 눈, 코, 이미 동강이 난 턱뼈 아래로 반짝거리는 붉은 것이 흘러내리고 있었다.

'아하, 이게 길인가 봐!'

그렇게 춘은 옮겨붙은 먹 자국을 따라 걸었다. 한 걸음 두 걸음 신나서 걷다 보니 어느 틈엔가 낯선 길이 보이고, 처음에 보았던 사당 앞의 도도록한 공터가 나타났다. 그리고 숙공이 보였다. 춘에게는 낯선 여자. 화려한 옷을 입은 처음 보는 여자였다.

붉은 먹 자국의 끝이 그 여자에게로 이어져 있었다.

"누구야?"

춘의 눈에 숙공이 보였다.

붓으로 바닥에 길을 그리며 조금씩 걷고 있던 숙공의 눈에도 춘이 보였다.

"자네가 도사 화경의 제자인가?"

"내 스승님을 알아?"

"도사가 자네를 바깥세상으로 데려오라 하였네. 자, 어서 길을 안내하게나."

"나, 길을 모르는데?"

숙공은 쥐고 있던 붓을 들어 올렸다.

"이 붓으로 길을 그려서 나가면 된다고 하더군. 자네는 선인의 제자라면서 그것도 모르는가?"

"와! 스승님이 주셨어? 나도 가지고 싶어!"

춘은 생기 넘치는 눈으로 거리낌 없이 다가와 손을 뻗었다. 숙공은 뒤로 한 걸음 물러났다. 붓을 품에 끌어안듯이 숨기며, 몸을 아예 외로 돌리자 춘이 곁에서 발을 동동 굴렀다.

"나도 보여줘! 아춘도 잘 그릴 수 있는데!"

다시 붓을 들어 바닥을 그으며 숙공은 춘의 칭얼거림을 못 들은 척하고 걸었다. 마음 같아서는 저 성가신 계집애에게 붓을 넘겨주고 자신은 그 뒤를 따라 걷기나 했으면 좋았겠다 싶었다. 그러나 숙공이 지금 서 있는 곳은 평범한 세간이 아니었다. 신선술로 이름난 화경 선생조차 내부를 다 파악할 수 없어 붓이나 하나 들려 보낸, 불가사의한 장소였다.

'장소조차 아닐지도 모르지.'

뱀의 꿈속인지, 이미 세상에 없는 바늘네의 원념

속인지, 아니면 재해산에서 피를 흘린 이들의 공포와
저주가 서린 장소인지, 숙공은 알 수 없었다. 그러니 화
경 선생이 준 붓으로 열심히 길을 그려서 출구를 향해
가는 것 외에 다른 행동을 해선 위험했다. 거기다 춘은
순진무구한 얼굴로 천진한 소리나 해대니, 혹 붓을 맡
겼다가 망가뜨리기라도 하면 참으로 곤란하지 않은가.

"그런데 너는 이름이 뭐야? 너도 스승님의 제자야?"

붓으로 길을 그리는 일은 쉽지 않았다.

몸을 몇 번이나 굽혀야 했고, 붓에서 나오는 붉은
물감은 점점 옅어지고 있었다. 숙공은 이대로 길이 뚝
끊기면 어찌해야 할까 염려했다.

"응? 이름이 뭐야? 스승님이 왜 너에게는 붓을 주고
나한테는 안 줬을까?"

이렇게나 사람을 경계할 줄 모르고 천둥벌거숭이
같은 계집애라니. 숙공은 저도 모르게 부아가 치밀었
다. 자신조차 궁궐에서 살며 눈치를 살피고 작은 실수
에도 목숨을 잃을 각오를 했다. 칼 위를 걷듯이 살아
대비 소리를 듣기까지 얼마나 고생을 하고 남몰래 피
눈물을 쏟았던가.

숙공은 몸을 쭉 펴고 당당한 대비마마 같은 자세로
거만하게 물었다.

"자네는 어디에서 왔는가? 신선이 자네를 줍기 전에 누구의 여식이었는가?"

"나? 스승님이 춘은 그냥 그림이라고 하였어. 스승님이 그리신 거야."

"……자네는 거짓말을 하는가."

"아닌데, 거짓말. 춘은 정말로 그림이야. 그래서 이렇게 찢어지기도 하는데."

그제야 춘의 내민 손이 납작하게 눌려 너덜거린다는 사실을 깨달았다. 숙공이 눈살을 찌푸렸으나 춘은 오히려 배실배실 웃으며 제비 새끼처럼 지절거렸다.

"아까 뱀이 물어서 완전히 찢어졌는데, 어느샌가 이렇게 다시 달려 있었어. 스승님한테 빨리 가서 고쳐달라고 해야지."

이렇게 산 사람 같은 그림을 그릴 수 있다면, 화경 선생은 숙공을 대신해 그림 숙공을 그려주었어야 한다. 화경 선생이 재주를 부려주었다면 필시 모든 일이 무사히 지나갔을 터. 그러면 숙공은 어머니와 함께 평범한 삶을 살았을 것이고, 자기 힘으로 일군 복을 누렸을지도 몰랐다.

— 빈도는 틀림없이 종이 아씨를 그려드렸습니다.

숙공은 점점 자기 맥이 빨라지는 것도 모르는 채,

붉어진 목덜미를 문지르며 발을 재촉했다. 춘이 뒤를 졸졸 쫓아오며 참견해 대는 것이 듣기 싫었다.

— 연유가 무엇이겠습니까? 아씨께서 어찌하여 이 나라의 국모가 되셨겠습니까?

— 결과를 누리면서 연유를 알지 못한다 하시니 왜 그리 뻔뻔합니까?

"어디로 가는 거야? 붓으로 길을 그리지 않아도 돼?"

숙공의 손이 가늘게 떨렸다.

'그 신선 때문이다.'

궁궐에서 후궁의 삶을 버티는 내내 그러했듯, 그녀는 원망할 것이 필요했다.

'그 신선이 그림을 그려주지 않았기 때문이다.'

왕은 나이 들고 볼품없는 사내였다. 그를 둘러싼 값비싼 의복과 그가 움켜쥔 채 아무렇게나 하사할 수 있는 보물들을 제외하면, 그는 촌부와 다르지 않았다. 숙공은 상지가 자신을 가져다 바친 날 왕이 그녀를 향해 손짓하던 순간을 떠올렸다.

— 고개를 들라.

왕 앞에서 고개를 들어 눈을 마주칠 수 있는 이는 별로 없었다.

그야, 그런 걸 허락했다간 금세 모든 사람이 왕의 정

체가 저잣거리의 필부에 지나지 않는단 사실을 눈치채고 말 테니까.

— 오, 나의 선녀가 돌아왔구나! 장하다, 장해!

왕은 손짓하여 숙공을 품으로 불러들였다. 방년도 되지 않은, 지나치게 위압적인 궁궐의 모든 것에 잔뜩 주눅이 든, 의지할 것이라곤 왕의 변덕스러운 총애뿐인, 가냘픈 계집애는 벌벌 떨며 부름에 응했다.

한 발 한 발, 금으로 장식한 층계를 따라 오를 때 그녀는 상상했다.

뱀에게 바쳐진 그녀의 어머니를.

뱀에게 고개를 내밀고 사지가 찢겨 죽어갔을 젊은 여자를.

그러면 수런거리던 심장이 차분하게 가라앉았다. 적어도 말이 통하는 왕에게 안겨 진땀을 흘리는 자신의 처지가 나아 보였다.

'전부 그 화경 선생 때문이다.'

그림 한 장만 그려주었다면 모든 건 좋게 지났을 텐데. 신선이 촌 아낙을 가엾게 여겨주기만 했더라면 숙공은 어머니 품에서 살았을 터인데.

'……한데, 화경 선생이 실은 어머니를 가엾게 여겼던 거라면.'

화경 선생이 그림을 그려주었고 그럼에도 불구하고 어머니는 왕의 명령에 의해 죽으러 갔다면. 왕은 그림에서 걸어 나온, 숙공의 그림자를 사랑하여 품고 지내다가 그림이 낡아 더는 품을 수 없게 되자 그림의 대체품으로서 진짜 숙공을 원했을 뿐이라면.

상지가 어린 숙공을 가엾게 여긴 게 아니라면.

왕이 어린 숙공을 향해 일말의 죄책감도 미안함도 가진 일이 없었던 거라면.

숙공 자신이 누린 좋은 일들이나 그에 그림자처럼 붙어 다니던 비극들이, 모조리 화경 선생의 탓만은 아니라면.

"어디로 가는 거야? 붓으로 길을 그려야지! 왜 거꾸로 돌아가고 있는 거야?"

숙공은 춘의 목소리에 발을 뚝 멈추었다.

"다리가 아파서 못 하겠다. 세답방 항아들처럼 쪼그리고 앉아 바닥을 긁어대는 짓을 더는 못 하겠단 말이다."

숙공은 자신이 싸늘하게 내뱉는 걸 인식하지도 못했다.

"그럼 춘이 대신 그릴게! 붓을 나한테 줘."

춘이 신이 나서 달려와 숙공의 앞을 가로막고 손을

내밀었다. 찢겨진 종이짝을 어깨에 매달고도 춘의 얼굴에는 슬픔이 없었다. 두려움도 굴종도 없었다. 숙공은 점점 참을 수 없을 만큼 화가 치밀어 오르기 시작했다.

그녀의 작은 가슴 속에서 수십 해 동안이나 맴돌던 원망이 뚝 그치고, 불길 같은 증오가 들끓었다.

타올랐다.

'전부 그 도사 탓이다.'

고개를 젓는 것이 더 빨랐다. 생각을 도슬러 바로잡느니보다 익숙한 원망에 손자국을 더하는 쪽이 쉬웠다.

'이건 죄다 환상이다. 항아리 속을 들여다보다 홀려서 하룻밤 지새버린다던 소문을 잊었느냐? 숙공. 신선이 보여주는 환상은 마구잡이로 그린 그림과도 같은 것. 어디에 참이 있더냐. 무엇이 반드시 사실이더냐. 이건 다 나를 속이려는 광대짓에 불과한 게야!'

모든 것이 참일 리 없다.

이건 죄 화경이라는 잔재주 많은 사기꾼의 변명일 것이다. 그렇게 생각하자 비로소 단전에서부터 숨이 차올랐다. 숙공은 망설임 없이 손을 뻗었다.

'속지 마라, 숙공아. 속아서는 안 된다, 숙공아. 옥좌의 가장자리를 쓰다듬으며 있을지 없을지 모를 어심에 의지해 살아오는 동안 믿을 거라곤 너 하나였지 않으냐. 네 눈이 흐려지면 내일은 없다. 네 마음이 비틀거리면 너는 없다. 숙공아, 숙공아…….'

숙공은 어느새 그 서럽고 괴로운 열두 살이었고, 사방은 따스한 햇살로 가득했으며, 비단신도 누비옷도 없이 거적 같은 자루옷을 걸친 채 멀리 떠나는 어머니를 바라보고 있었다. 손에는 한 자루의 붓. 붓끝이 춘의 손을 지나 옷가슴에 툭, 닿았다. 붉은 물감이 핏자국처럼 번지다가 횡으로 한 획을 그으며 내려가 춘의 허리춤에서 멈추었다.

"고개를 숙이지 않을 테다. 사죄하지도 않을 것이야. 어심이란 반성을 모른다. 용상은 죄를 모른다. 저 높으신 분들이 수치를 알겠느냐? 그것은 벼락처럼 내리 떨어질 뿐이니, 죽어 넘어져도 그 자리에 있었던 탓. 고심하며 상벌을 떠드는 건 못난 놈들이다."

"왜 울어?"

춘이 손을 뻗어 숙공의 뺨을 닦아주었다. 숙공은 그 손이, 그저 낡디낡은 종이 한 장에 지나지 않는다는 것을 깨달았다. 뺨에 와 달라붙은 종잇장에 무엇이 그려져 있겠는가. 읽지 못하고 보지 못한 그림 숙공이 어떤 표정을 짓고 있었겠는가. 왕이 마음을 빼앗겨 욕심을 부린 그 아름다운 어린아이가 정말로 숙공의 삶에 축복이겠는가.

"나는 아무것도 믿지 않는다. 미안하지도 않다. 이건 죄다 네 놈의 탓 아니냐!"

뿌연 시야를 거리끼지 않고 한 발 앞으로 나아가, 숙공의 손이 크게 반원을 그렸다. 움켜쥔 것은 날카로운 날붙이로 변해 상대에게 푹 꽂혔다. 숙공은 더 이상 붓이 아닌 그 날붙이가, 자신의 여린 손바닥도 같이 갈라버리는 것을 느꼈다.

고통이 반가웠다.

피를 흘리는 것이 좋았다.

그녀도 무고하지 않게 되었으니까. 그녀도 상처 입은 쪽이 될 테니까.

"네 놈 탓이다! 네 놈의 탓이야!"

더없이 미운 이의 옆구리를, 가슴을, 팔을, 등을, 목을, 숙공은 거리낌 없이 찌르고 또 찔렀다. 종이 계집애인 줄 알았던 그것은 이윽고 거대한 나무가 쓰러지는 듯한 소리를 내며 모로 넘어갔다.

화경 선생인가?

재해산의 크고 흰 그 뱀인가?

어린 자신을 꾀어 후궁으로 들여보내고는 승승장구한 상지일 것인가.

아니면 열두 살짜리 계집애를 탐내 그림까지 끼고 살았던, 그 지저분한 대왕인지도 몰랐다. 세상사 숙공을 비틀거리게 한 모든 무엇이 무너져내렸다.

숙공은 손아귀에서 피를 뚝뚝 흘리며 서 있었다.

붉은 피가 흘렀다.

피가 흐르자 모든 게 허망하였다.

폐허 위에 서 있는 양 가슴 속이 신산하였다. 숙공은 마른 눈가를 더듬었다. 눈물 대신 피가 그녀의 뺨을 적셨다.

"이러려던 게……."

숙공 앞으로 눈이 흐려진 뱀이 기어 왔다.

거대한, 큰, 하얀 뱀이었다.

뱀이 주춤거리며 물러앉는 숙공의 비단신 끝에 머리를 기대었다. 그럴 리 없건만 웃는 것처럼 보였다.

"왔구나."

뱀의 목소리는 부드러웠다. 아가, 내 아기야. 옛날이야기를 들어보련. 나는 아주 대단한 뱀이란다. 나는 이내 신선이 되어 하늘로 올라갈 것이다. 그렇게 바늘네에게 속삭이던 바로 그 목소리였다.

"너로구나, 내 아가야. 네가 드디어 왔구나."

뱀은 찢겨진 몸을 추슬러 숙공의 몸을 감싸고 올라, 상처가 크게 벌어진 손바닥을 조심스럽게 제 몸뚱이로 문질렀다. 숙공의 주먹이 저절로 헐거워지고, 시뻘건 금속 조각이 지면에 떨어졌다. 뱀은 숙공의 손바닥을 핥아주며 속삭였다.

"너로구나, 네가 왔구나."

반가운 그 목소리에 숙공은 아무 말도 하지 못했다. 뱀이 기다려 온 것이 자신이 아니라 자신의 죽은 어머니라는 걸 알면서도 '그이는 이미 죽고 없소' 하고는 차마 대답할 수 없었다.

왜 대답할 수가 없는가.

왜 그이는 이미 죽었고 당신은 무수한 죄를 저질렀으며, 이 산은 피에 물들었다고는 말할 수가 없는가.

'가엾구나.'

가여워서 그랬다.

가여워서 그럴 수밖에 없었다.

"아가야. 기다렸다. 이런 순간을 기다렸다."

뱀이 숙공의 몸 앞에 길게 드러누웠다. 온몸 가득 상처투성이인 채, 뱀의 꼬리가 지면의 금속 조각을 툭툭 쳐댔다. 숙공은 뱀이 시키는 대로 자신이 떨어뜨린 칼을 주워 들 수밖에 없었다.

"자, 너에게 내 몫을 주마. 아가야, 그러면 너는 더 아프지 않을 거란다. 너는 다시 숨을 쉬고 인간으로 살 수 있을 거다. 이날을 위해 나는 오래 기다렸다."

뱀은 말했다.

내 배를 갈라, 붉은 속을 파헤치거라.

영물이란 무릇 구슬을 품게 마련이니 여우에게는 여우구슬이, 뱀에게도 잉어에게도 이따금은 여의주가. 그것이 보잘것없는 모래 알갱이거나 갯가의 조약돌에 불과할지라도 오래 품고 오래 기원하면 때때로 뜻이 깃들어, 하늘이 응하여 답하기에.

'가엾구나.'

숙공은 오래전, 자신의 어머니가 뱀 앞에 무릎을 꿇고 앉아 고픈 배와 아픈 몸과 슬픔으로 가득한 삶을 짊어지고도 문득 떠올렸던 것을 이해했다.

가여워서, 차마 가여워서 어쩔 수가 없다고.

뱀이 부드럽게, 피투성이 배 속을 헤집어 숙공의 칼 끝을 적셨다.

"아가. 네가 진짜 인간이건 한낱 그림에 불과하건. 가여운 네게 숨을 주려고 내가 오래 기다렸단다."

이제 숙공은 모든 안개가 걷힐 것을 알았다.

그녀의 칼끝이 도로 붓머리로 돌아가고, 뱀이 흘린 피가 강줄기처럼 길을 만들기 시작했다는 것도 알았다.

자신이 더 이상 열두 살짜리 무력한 촌 계집애도 아니며 구중궁궐을 누비며 어린 왕의 대비로서 장막 뒤에 좌정한 것을. 흰 뱀이 죽어 쓰러졌기에 더는 산을 찾는 이가 놀라지 않을 것을. 다 알았다.

붉은 길을 따라 아홉 발자국을 걷자, 그녀는 노회한 대비마마였고 구름 같은 인파가 권력 앞에 알랑대기 위해 대령해 있었으며, 산은 거짓말처럼 고요했다.

발치에 뱀의 뼈와 죽은 사람의 해골이 화선지를 깔고 널브러져 있었다. 숙공은 입속의 혀처럼 굴겠다고 몰려와 영견을 내밀고 그 산중까지 끌고 올라온 가마로 안내하는 이들 사이로 걸어가며 뒤를 한 번 돌아보았다.

"본궁이⋯⋯."

그녀는 정말이지 다 알았다.

그러나 그 볼품없는 늙은 왕처럼 그녀 역시 볼품없는 늙은 궁중 여인이었다.

"본궁이 재해산의 요망한 뱀을 물리쳤으니 자네들은 그리 알라."

그녀는 거기까지 따라온 상지의 검버섯 핀 얼굴을

246

향해 손을 내밀어, 비단 한 장을 달라 하였다. 그리고 거기에 피투성이 돌조각 하나를 감싸 뼈가 있는 방향으로 던져주었다.

뼈와, 해골과, 찢긴 화선지와, 그리고 피투성이 돌멩이 하나가 재해산에 남았다.

✱

재해산이 박석산으로 불리던 시절, 벼락바위라는 유명한 바위가 하나 있었다.

사람들은 그 바위에 얽힌 전설을 재미있어했는데, 소선국을 무너뜨리고 새 왕조를 세운 촌 영웅이 가여운 어린애를 구해주었다고 믿기 때문이었다. 이야기란 하는 사람마다 조금씩 다르고 마을을 건너거나 산을 하나 넘으면 또 다른 사설이 들러붙게 마련이나, 대체로 내용은 비슷했다.

비가 내리지 않아 고육지책으로 가난한 계집애를 하나 제물로 구한 마을 사람들이 자신들의 죄의 무게에 두려워하던 순간에 그 영웅은 나타난다. 영웅은 물줄기를 가로막은 채 주저앉은 못된 흰 뱀을 두 동강 내고, 계집애와 마을 사람을 모두를 구해준다. 그리고 하늘이 화답하듯 벼락을 떨어뜨려 계집애를 팔아넘긴

사악한 어머니를 죽여버린다.

악녀는 벌을 받아 죽고, 마을 사람들이 제물값으로 모아주었던 돈꿰미는 그 자리에 흩어지며, 영웅은 명성을 얻는다. 마을 사람들은 모두 불행과 부도덕으로부터 벗어나고 어린애 하나가 구원받는다.

악녀가 죽은 자리는 전설로 남는다.

사람들은 이 영웅이 새로운 왕국을 세워 왕이 된 후, 그 가여운 어린애를 후궁으로 맞이했다고 믿었다. 그리하여 후궁이 된 촌 계집아이는 온갖 부귀영화를 누리며 잘 살았을 거라고.

*

혜왕의 서모는 소선국 현주였다고 전하는데, 사가에서의 이름이 숙공이다.

선대의 후궁으로 들어와 세 아이를 잃었으되 정궁의 신임을 얻어 혜왕의 양모가 되었고, 대비가 된 후로는 편안하게 여생을 다 누렸다. 항설에 따르면, 대비는 젊었을 적 화경 선생이라 불리는 유명한 도사에게 보물을 하나 건네주었으며 그로 하여 선생이 재해산의 뱀을 퇴치해주었다고 한다.

선대가 소선국을 무너뜨릴 적에 흰 뱀의 가호를 언

었다는 전설이 하도 유명하니, 누군가는 다른 이야기를 한다. 이를테면 화경 선생이 재해산을 거닐다 커다란 뼈 하나를 장사 지냈는데 그것이 바로 신령한 흰 뱀이며, 왕가에서 그 보답으로 반쪽짜리 여의주를 선생에게 주었다는 것이다.

화창한 봄날, 화경 선생은 어린 제자를 데리고 저잣거리를 노닐곤 하는데 그 소녀가 바로 여의주의 현신이라고 한다.

〈끝〉

작가의 말

이야기의 시작은 친구인 이로빈(amrita) 작가님 생전에 나눈 교환 일기 비슷한 프로젝트였다. 화젯거리를 열네 개 정해 주고받으며 글을 하나씩 쓰는 것이었는데 몇 달 안에 끝날 줄 알았던 그 교환은 그러나 전적으로 내 게으름 때문에 몇 년 이상으로 늘어지고 말았고, 이제는 영영 교환할 수 없게 되었다. 한없는 게으름 탓에 아직 내게는 화젯거리가 두 개쯤 남아 있고 그것은 간헐적으로 떠오르며 머릿속을 혹은 뱃속을 빙빙 돈다. 갈무리되지 못한. 끝내지 못한 이야기처럼. 이로빈 작가님이 안 계시니 남은 화제를 이어 쓸 의무는 오롯하게 내게 있기 때문이다.

이 책의 이야기들은 결국 여자 이야기다. 제도와 불합리한 숙명과 혹은 삶 그 자체에 휩쓸려 흔들거리는 여자 이야기를 쓰고 싶었다.

1. 차마 봄이 아니거니와

춘래불사춘(春來不似春), 봄은 왔으나 봄 같지 않다는 의미의 그 번역을 생각하면서 하나로 묶은 이야기였다.

그중 백아는 어느 산인지 사찰인지를 방문했다가 얼핏 들었던, '백룡을 놓아준 탓에 다른 용도 모두 잃었다'는 뉘앙스의 이야기에서 비롯하였다. 요요작작, 백아, 춘화 모두 일종의 복수담으로서의 여성 이야기를 그 씨앗으로 삼았다.

2. 천지에 사무치도록

궁천극지(窮天極地)는 하늘과 땅같이 끝이 없다는 의미를 담고 있다.

이야기의 씨앗 중 하나는 《열이전》(조비 저, 김지환 역, 지만지 출판사, 2011)의 〈풍 부인〉 이야기. 풍 부인은 환제의 귀비였는데, 사후 그녀의 무덤이 도굴꾼에게 해를 입었다. 그 후 환제의 무덤을 이장할 때 생전 총

애했던 풍 부인을 함께 배향하고자 하였지만, 그녀의 시체가 "더럽혀졌기 때문에" 함께 묻을 수 없다며 신하가 반대하였다는 이야기다.

처음 이 이야기를 읽었을 때 느낀 아이러니한 부분이 오래 뇌리에 남았다. 그래서 "이겼다"고 최후의 최후에 선언하는 여자와 그것을 조용히 지켜보는 여자에 대해 쓰고 싶었다. 이겼다고 말하기 위해 제도를 이용하는 태선과, 매우 '전통적인' 방식으로 '제도 안에서' 녹주를 모욕하려는 진강과, 바로 그 제도의 기괴한 면을 이용해서 같은 방식으로 되갚는 녹주 이야기다.

3. 그때 흰 뱀 한 마리가

절세대미(絶世代美)는 견줄 사람이 없을 정도로 빼어난 아름다움이라는 의미다.

절세미인의 그림과 사랑에 빠지는 왕과 실제 여자의 이야기. 인간과 달리 신의를 지키는 영물. 숙명적으로 업을 쌓아 나락으로 떨어지고 마는 일. 옛이야기. 도사. 그림 속에서 튀어나온 또 다른 미인. 연민 때문에 벌어지는 사건들… 같이, 내가 좋아하는 요소를 모두 섞어서 만든 이야기였다.

＊

    사람이 살고 죽고 사랑하고 욕망하고 그 갈피마다 두 발 걸려 넘어지는 그런 이야기에 마음이 끌린다. 이 책은 그러한 내 마음 기울임의, 바꿔 말하자면 애정의 산물이다. 바쁜 일상 중에 굳이 이야기를 읽는 것은 행간에 발 걸려 넘어지길 즐기기 때문이리라 믿는다. 온몸을 이야기에 부딪히고, 이야기에 귀 기울이며 자주 뒤를 돌아보고, 이야기를 사랑하기에 발 아래를 내려다보는, 너그러운 독자에게 깊이 감사한다.

2025년 봄에
김인정

차마 봄이 아니거니와

초판 1쇄 발행 2025년 3월 20일

지은이 김인정
펴낸이 나성채
디자인 김선예, 이수정
마케팅 박동준

발행처 오러 orror
등록 2023년 4월 26일(제2023-000003호)
주소 07236 서울특별시 영등포구
　　　　의사당대로 38 102동 1309호
전화 02.324.3945-6 **팩스** 02.324.3947
이메일 orrorpub@gmail.com

ISBN 979.11.93984.12.3 04810
　　　　979.11.983254.0.2 04810(세트)